I LUPI

Makis Malafekas

Deepfake

Traduzione *di Elisabetta Garieri*

Baldini+Castoldi

NOTA DELLA TRADUTTRICE

Come il lettore noterà, i cognomi greci cambiano in funzione del genere: per gli uomini sono declinati al nominativo, per le donne al genitivo di possesso (tranne nei casi in cui il cognome non sia già di suo un genitivo, anche al maschile). Nel caso del cognome «Christoforides», infine, nel testo originale è scritto in caratteri latini e viene usata la trascrizione all'americana, che non tiene conto dello iotacismo, cioè la pronuncia della lettera η, eta, come iota nel greco moderno.

Traduzione dal greco di Elisabetta Garieri
Titolo originale *Deepfake*

ISBN 979-12-5494-221-5

Prima edizione Baldini+Castoldi - La nave di Teseo febbraio 2025

www.baldinicastoldi.it
info@baldinicastoldi.it

A Dimitris Malafekas

«Nel mondo realmente rovesciato, il vero è un momento del falso.»

Guy Debord

«Il vero terrore è svegliarsi una mattina e scoprire che i tuoi compagni di liceo stanno governando il Paese.»

Kurt Vonnegut

1

Adesso però le cose erano cambiate. La Wrangler gialla nuova di pacca, rialzata, truccata, barre, snorkel, tutto incluso, scendeva a mille per via Ippokràtous e io non avevo pensato neanche per un secondo ad allungare il braccio e gridare «Taxi!» così, per ridere, come facevamo con le Renault o le Cinquecento gialle che circolavano in un certo periodo. No, adesso mi interessava solo attraversare di corsa e non farmi mettere sotto, perché lo stronzo non rallentava neanche un po', anzi mi veniva dritto addosso, proprio così, in pieno giorno, con due tonnellate e mezzo di acciaio tra le mani e un'indecifrabile espressione di morte sulla faccia. Sulle due facce. Una volta atterrato accanto al minimarket di via Dervenìon mi girai a guardare: davanti c'erano due bastardi uguali sputati, figaccioni sui ventisette, abbronzatura satinata e capello corto coi ciuffi curatissimi che sanno di Apivita idratante, acquisto di immobili e cocktail bar con un Mezcal ricercato. Ma il problema non erano i capelli, né l'espressione, né la Wrangler. Fanculo la Wrangler. Era che lo scherzetto della macchina gialla non mi interessava più, anzi non esisteva proprio, non era mai esistito. Il problema era che non avevo nessuna voglia di ridere nemmeno per mezzo secondo. E che avevo avuto paura. Avevo avuto paura di quei due con le loro facce da «ti fotto nel tuo fottutissimo centro città, passo e ti sfondo», e all'improvviso volevo tornare a casa di corsa senza sapere il perché e il percome.

Raccolsi le due confezioni di DailyBread che mi erano cadute nell'atterraggio, oltrepassai il minimarket con le prime pagine sulle compravendite inesistenti del Panathinaikòs e sulle prime partite amichevoli, salii in via Asklipioù passando per Eressoù, feci per andare a casa ma all'ultimo girai in via Kallidromìou, scesi ed entrai nel primo baretto del cazzo dopo il commissariato.

2

Forse era un agente di viaggio quello accanto, con i suoi monologhi vedo-tutto-nero e una fissa speciale per gli zingari che bisogna spedirli in Afghanistan a fargli vedere che ora è, anzi diceva spedirli «indietro» in Afghanistan, ma a un certo punto succhiò per la terza volta il fondo del caffè frappè schiuma e ghiaccio dalla cannuccia e disse con una vaga tristezza «Si sciolgono anche i ghiacci in Norvegia, bella merda...» quindi lo accettai di nuovo in questo mondo, lo accolsi di nuovo accanto a me, assieme a me, visto che ero io a decidere tutto.

Perché più o meno eravamo a quel punto, io e tutti gli altri: in Norvegia con i ghiacci che si sciolgono alle nostre spalle goccia a goccia, spacciati in un bar sperduto in Afghanistan, con il caffè troppo caro imbevibile e il climatizzatore rotto vicino alla porta a guardare che ora è. Senza un ritmo, senza un nesso, senza nessuno stile.

E io lui lo conoscevo. All'incirca li conoscevo tutti lì dentro, quei cinque o sei. Cioè erano facce conosciute, da tempo: il quartiere. Non mi veniva nessun nome, chiaro, ma le facce le conoscevo. La cameriera, forse Ariana, forse Besa, forse nessuno dei due, era la ragazza albanese che prima lavorava al *Mondial*, il posto con i tavoli da biliardo francese che aveva chiuso, me la ricordavo. I vecchi, bava alla bocca e whiskey, ci provavano alla grande e lei rideva e diceva che un giorno avrebbe portato lì suo fratello che avrebbe tagliato le palle a tutti. Con un altro, che stava in un angolo incollato al cellulare, giocavamo a basket al campetto sulla collina di Strefi, tempo fa. Scemo ma onesto: prendeva i rimbalzi. Quello accanto, sui sessantacinque, per anni era stato una presenza fissa davanti al colorificio di via Methoni, una pedonale, ogni giorno stava lì fuori assieme ad altri due: canotte bianche, sedie di plastica, avevano messo radici per sempre. Finché anche il colorificio non era diventato un-locale-carino, e lui adesso, a quanto pare, tirava avanti in solitaria lì. Nel baretto all'angolo con gli sbirri e i relitti umani. A cambiare argomento da solo con brevi pause ogni mezzo minuto.

«Quell'olandese che portava i clandestini, giornalista in teoria, quella con il cappello rosso che aveva insultato Mitsotàkis, la cagna, sai dove l'hanno messa adesso a fare casino?»

Non seppi mai dove avessero messo l'olandese a fare casino, né chi fossero quelli che ce l'avevano messa, perché una volante uscì di colpo dal parcheggio a sirene spiegate e girò su via Mavromichàli, così il tizio smise di parlare, visto che nemmeno lui ascoltava quello che andava dicendo. Nello stesso attimo in tasca mi vibrò una notifica. Appoggiai il telefono sul bancone. Messaggio da un numero sconosciuto. Senza testo, solo un'immagine. Ma chi mandava ancora MMS nel maggio del 2022? Pigiai e aspettai che si scaricasse.

«Fatti Signal così non ti trova nessuno», disse quello accanto. «Con tutte le altre app ti seguono.»

«Seguono tutto, in ogni caso», disse la ragazza albanese portandogli via il bicchiere vuoto. «Da internet devi uscire e basta, se vuoi essere sicuro, e lasciare sempre il telefono a casa.»

«Sì, seguono tutto», borbottai anch'io e poi dissi una cosa come «Ma mi farò anche Signal, non si sa mai», questo però mi uscì a voce bassissima, anzi mi sa che lo dissi tra me e me, perché intanto l'immagine si era aperta. Una fotografia male illuminata, con una risoluzione bassissima, della porta di casa mia. Non l'ingresso del condominio, ma la porta interna, di sopra, al terzo piano. La serratura, la maniglia di bronzo e il campanello con il nome Michalis Krokos mezzo cancellato. Restai a guardarla per qualche secondo cercando di capire chi, cosa e come, pensai che forse era la mia amica Matina che aveva le chiavi per l'Airbnb, ma perché non mi avrebbe chiamato direttamente? Pensai alla vicina della porta accanto, la Lambrinoù, con il gatto che miagola quando giro la chiave, ma lei non poteva avere il mio numero, così alla fine pigiai il tasto per chiamare e buonanotte. *Il numero da lei chiamato non corrisponde a nessun abbonato.* Eh?

«Ma cosa vuoi, non farti tante domande… Fanculo tutto…» quello accanto continuava il suo monologo seguendo con lo sguardo qualcuno per strada, forse il poveraccio con il carrello che frugava nella spazzatura, forse la venticinquenne con i leggings viola metallizzati che attraversava Kallidromìou passandogli accanto.

Guardai di nuovo la fotografia. Sì, non c'era alcun dubbio: erano la mia porta, il mio campanello e il mio nome. Benissimo. Finii con un lungo sorso l'acqua servita assieme al caffè, pagai, tornai nella calura esterna inforcando i miei occhiali neri e presi a salire a passi lenti e costanti verso via Asklipioù senza l'ombra di un presentimento, né buono, né cattivo.

3

Davanti al portone c'era la Lambrinoù con il solito camicione azzurro e il carré perfetto. Stava uscendo, e appena mi vide avvicinarmi si fermò.

«Buongiorno», dissi.

Qui la classica risposta sarebbe stata «Buongiorno signor Michalis, come sta? Tutto bene?» forte e chiaro, a volte seguito da «Allora, scriviamo? Scriviamo?» al quale io avrei risposto «Sempre», ma adesso mi rivolse solo un sospetto «Salve», accompagnato da un sorrisetto malizioso ancora più sospetto, e sparì in direzione della farmacia.

Lo specchio basso dell'ascensore mi rifletteva fino al mento. Non mi chinai per guardarmi la faccia non rasata né grattai meccanicamente gli angoli degli adesivi dei ferramenta attorno ai pulsanti. Non staccavo lo sguardo dal punto della porta che avrei spinto per uscire. L'ascensore si fermò al terzo piano, spinsi la porta e uscii sul pianerottolo.

Donna. Quaranta e qualcosa. Sconosciuta. Tailleur grigio chiaro, gonna appena sopra al ginocchio, gambe toniche e capelli castani stretti in uno chignon alto. Niente a che vedere con quel condominio, con quel quartiere, con quel mezzogiorno. Occhi neri che sprizzavano risolutezza fin dal buongiorno, naso drittissimo e bocca sottile con gli angoli in su. E un bracciale d'argento cesellato di otto centimetri al polso destro, che alzava ulteriormente il prezzo al metro quadro nell'area circostante. Il gatto della Lambrinoù faceva le fusa incollato dietro alla porta a fianco.

«Il signor Krokos», disse a bassa voce. Non era una domanda.

Mi era già successa una cosa simile pochi mesi prima, con una coppia, uomo-donna, sui trenta, ma mica davanti alla porta di casa. Lettori. Volevano conoscermi, dicevano. Un messaggio su facebook per chiedermi se potevo scendere un attimo all'*Etanolo*, accanto al video club su via Ippokràtous, per fare due chiacchiere, e io, l'incredibile coglione, ci ero andato. Dopo avermi raccontato a memoria *Waves Will Rise*, il mio libro sui surfisti a Ikarìa, si erano messi a guardarmi negli occhi e ad accarezzarmi le cosce, a fottermi per davvero cioè, e io ero uscito un attimo a comprare le sigarette.

«Mi ha mandato una fotografia?»

«Sì», mi rispose e poi restò in silenzio.

«Inquadratura eccezionale», dissi. Non reagì. Con uno sguardo esaminò tutto quello che avevo addosso. «Allora, cosa posso fare per lei?» continuai. «Voglio dire, perché mi ha...»

«Vorrei affidarle un incarico. Possiamo parlarne dentro?»

«Dove dentro, in casa?» chiesi indicando per un istante la porta con un movimento del sopracciglio, poi subito in tono più brusco: «Mi scusi, ci conosciamo?»

«Non ci conosciamo e non ci conosceremo», disse calma. «L'unica cosa che voglio è mezz'ora del suo tempo.» Dalla tromba delle scale salì un po' di fresco. Da dentro casa mia, da in fondo al salotto, si sentiva a volume bassissimo il processo a Johnny Depp che avevo lasciato andare sul pc acceso.

«E perché non parlarne fuori, da qualche parte?»

«Perché è possibile che mi seguano e non voglio che la registrino come uno dei miei contatti.»

«Che? Mi registrino?»

«Sì. Come un mio contatto.»

«Mentre se entriamo in casa non mi registreranno.»

«No. Perché nessuno mi ha visto venire qui... La prego, signor Krokos, possiamo entrare? Le spiegherò tutto.»

Tutto.

«Entriamo», dissi senza muovermi. «Ma lei come si chiama? Chi è?»

«Sofia Charìtsi, procuratrice del tribunale di primo grado. È stata la mia ex cliente, e sua amica, Rebecca Danou, a parlarmi di lei.»

Danou non mi diceva niente, ma Rebecca mi diceva molto. Un'amica trans, marciapiede, creatura della notte. L'avevo conosciuta nel 2010-2011 o giù di lì, quando mi aggiravo per Atene a caccia di storie notturne per un libro che poi non è mai uscito. L'avevo vista l'ultima volta cinque anni prima, al *Lefty's*, in via Fylìs, la zona dei bordelli, quando ero dovuto scappare di corsa, lasciandola lì a ripulire per me, tra l'altro. Una storiaccia di cadaveri e arte contemporanea. Sì, non conoscevo nessun'altra Rebecca.

Oppure quella tizia stava dicendo o facendo un errore. Ma quale errore?

«Me lo ha detto che sarebbe rimasto senza parole nel sentire il suo nome. La saluta.»

«Solo questo?»

«E che lei è uno stronzo, ma non fa niente.»

«Difficile che mi abbia chiamato "stronzo". Becky con il vocabolario non scherza. Magari mi avrà chiamato accrocco da Krokos, sfigatello, sfigherrimo, vedovella... Laki, Michelino, ragazzo malinconico...»

«Sì, l'ha fatto. Entriamo o parliamo qui fuori?»

«Entriamo», dissi. E restai immobile per qualche secondo. Poi tirai fuori le chiavi dalla tasca, mi avvicinai, la oltrepassai e aprii. «Sappia che è in disordine», dissi aprendo.

Non reagì. Entrammo. Cazzate, non era poi così in disordine. Appoggiai le confezioni di pane sul tavolo.

«Zoccoletta...» continuai, andando in cucina a prendere dell'acqua. «Zoccoletta me lo diceva spesso. Sieda pure dove vuole.»

Non si sedette finché non tornai. Aspettava in piedi vicino alla finestra, girata verso l'interno. E quando le diedi il bicchiere lo prese dicendo grazie, lo appoggiò sul tavolino basso senza bere e si sedette sul divano senza incrociare le gambe. Schiena dritta, ginocchia unite, sbatteva le palpebre facendo la radiografia alla stanza. Sul grande tavolo poco più in là, il pc mostrava Johnny Depp che alzava la mano destra con le dita aperte davanti alla telecamera. Anelli ovunque, oro e rubini, e il dito medio un po' più corto dell'indice. Sofia Qualcosa restò inespressiva.

Forse si aspettava da me un'aria che dicesse sì, guardo il processo Johnny-Amber live, sette ore al giorno, mi sono bruciato il cervello, guardo anche le analisi degli youtuber sfigati che ti spiegano chi dice la verità e chi no sulla base del linguaggio del corpo e delle contrazioni del viso, accanto al pc ho anche tre lattine di Verghina vuote e un mucchietto di gusci di pistacchi di Egina e non mi importa di cosa dica la gente... Ma non le concessi quell'onore. Disattiivai l'audio del computer e mi sedetti sulla poltrona vicina alla finestra, che faceva angolo con il divano.

«È qui che scrive?» chiese guardando il salotto con un cenno del mento e il rossetto rosso vivo.

«Qui e un po' ovunque. Ma soprattutto da nessuna parte.»

«Il suo ultimo libro è uscito quattro anni fa, se non sbaglio.»

«Tre anni e nove mesi. Mi dice cosa vuole?»

«Sì», disse. Bevve mezzo sorso d'acqua e si sistemò meglio sul divano. Ma restava ancora seduta come una procuratrice di primo grado, o quel che era. «Posso fumare?»

«Prego», dissi. Posacenere giusto davanti a lei. Tirò fuori un pacchetto di Muratti 100's, me le offrì, feci cenno di no con lo sguardo senza dire che avevo smesso eccetera, accese, fece un tiro e continuò.

«Le dice niente il nome Alèxandros Tsechlentìdis?»

«Sì... Un politico. Che prima era giornalista... E prima ancora qualcos'altro...»

«Bene», disse brusca. «A parte questo, da qualche anno è a capo del Gruppo Nuova Identità Ellenica, una formazione dell'alt-right greca conosciuta anche come

GNIE o solo come "il Gruppo", o "il Team". Sa anche solo vagamente di cosa si tratta?»

Che cosa voleva adesso con Tsechlentìdis e il suo circo?

«Vagamente», risposi.

«Sono molto attivi sui social media. Hanno rapporti molto stretti con organizzazioni simili all'estero, negli Stati Uniti, in Olanda... In parallelo si occupano di estorsioni, mala, protezione... E Tsechlentìdis personalmente della questione migranti.»

«Di tutta la politica sui migranti?»

«Dello *sfruttamento* della questione migranti, dell'"invasione"» disse, mimando le virgolette con le dita. «Mentre allo stesso tempo ha canali aperti con i paramilitari turchi. *Lupi grigi* e affini, che lo informano di quando e quanti entrano, perché così lui recupera immagini per...»

«Mi scusi, e Rebecca è coinvolta in tutto quello che mi sta dicendo?»

«Non in tutto. Ma è coinvolta», disse e tirò fuori dalla borsa un bigliettino piegato in due. «E mi ha mandato qui dicendomi che lei può aiutarmi.»

Lo appoggiò sul tavolo. «*Laki mio, Lucky Strike, ascolta attentamente Sofia e fai quello che devi fare. Reb*», scritto a penna rossa e con un cuoricino sotto. Benissimo.

«Quindi è stata Rebecca a dirle che "io l'avrei aiutata", e anche a darle il bigliettino, e lei è venuta a trovarmi.»

«Sì. Dal momento che ho anche letto i suoi libri.»

«Ah. E così si è convinta che io sia il suo uomo.»

Lasciò perdere il mio commento, il mio tono. Come se un po' se lo aspettasse.

«Ha del caffè per caso?» chiese. Nello stesso momento, il suo sguardo si fissò su un punto alle mie spalle, fuori dalla finestra, da qualche parte tra i due condomini. «Perché quella indossa la mascherina?»

Mi girai, anche se avevo capito di cosa stava parlando. Nel condominio di fronte, giù al secondo piano, una donna con un vestito stretto, pronta per un'uscita serale, riordinava il salotto indossando una mascherina anti-Covid. In tessuto, con i fiorellini.

«Sì», dissi. «Aspetta un tizio. Che entrerà tra poco, anche lui con la mascherina chirurgica, azzurra, e cominceranno a pomiciare sul divano senza toglierle e poi si alzeranno per andare in un'altra stanza che da qui non si vede.»

«Ma come fanno...»

«Solo mani», dissi, mi alzai e andai di nuovo in cucina. «Zucchero?»

«Immagino che non abbia la stevia?» chiese dopo un breve silenzio.

«Purtroppo no.»

«Allora senza, grazie.»

Mi ero stufato. Mi ero stufato di vivere, di doverle parlare, mi ero stufato di avere quella tizia in casa in quel momento, mi stufava persino doverla cacciare. Però volevo sapere cos'era successo a Rebecca. E il processo di Depp era in pausa pranzo.

Quando tornai con i caffè, la trovai in piedi vicino a una pila di libri che si erano accumulati sul bordo del tavolo, leggermente china a guardare i titoli sui dorsi. Aveva assunto un'espressione del tutto diversa, come se il viso si fosse rilassato, con entrambe le sopracciglia sollevate sulla fronte e la bocca semiaperta. Allungò la mano per toccare un libro ma appena si accorse di me la ritrasse. Mi sorrise con un certo imbarazzo e tornò a sedersi. Dal salotto di fronte quella con la mascherina era sparita.

«Dunque», dissi appoggiando i caffè sul tavolino ed espirando leggermente, «tutto molto interessante, ma potrebbe dirmi in breve cosa vuole da me?»

«Sì. In breve, Tsechlentìdis è il mio ex compagno, ragion per cui Rebecca è venuta da me: i suoi legali l'hanno portata in tribunale con elementi falsi perché una sera le è capitato di vedere qualcosa che non doveva. La accuseranno di una serie notevole di atti punibili, che cumulativamente comportano una pena di detenzione fino a cinque anni. Cosa che lei, Krokos, impedirà, intrudendosi nell'organizzazione in questione. In cambio di un lauto compenso.»

Bevve il suo caffè e mi fece un cenno per dire che era buono. Non lo era. Mi sedetti in poltrona.

4

Per i cinque o sei minuti successivi tentò di parlarmi rapidamente e nel dettaglio delle attività di Tsechlentìdis e del suo gruppo. Ogni tanto puntava lo sguardo alle mie spalle, nel caso in cui succedesse qualcosa nel salotto di fronte, e allo stesso tempo, saltando spedita da un tema all'altro, mi spiegava il sistema parallelo di corruzione e ricatti che lo GNIE portava avanti con tutti – sbirri, giornalisti, consiglieri comunali – in base al quale solo i collaboratori esterni si facevano carico dei ricatti, che spesso riguardavano fuga di dati personali, e diverse altre cose su come arruolassero nuove leve nelle acque torbide di forum di incontri mirati e di altri oscuri *hate groups* in rete. Io bevevo il mio caffè e la ascoltavo, aspettando soprattutto che mi dicesse cosa voleva dire che io «lo avrei impedito» e che «mi sarei intruso» là dentro e in generale che cazzo volesse DA ME.

«Cosa ha visto Rebecca?» chiesi quando fece una pausa per bere.

«Questo non lo posso dire», rispose secca. «E non ha nessuna importanza.»

«Bene, e allora cos'è che ha importanza? Dov'è adesso Rebecca? Sta bene?»

«Sta bene. Lasciamo stare dov'è. Non è in circolazione. E non provi a cercarla. Le dirò esattamente quello che deve sapere per poter… EHI! OH! COSA FA QUELLA DI FRONTE! LA PREGO SIGNOR KROKOS POSSIAMO CHIUDERE LA TENDA LA PREGO?»

Mi girai a guardare. Era entrato il tizio e adesso stava seduto sul divano, tutti e due con le mascherine, ovvio, e lei era in ginocchio davanti a lui e gli strofinava la faccia sui bermuda. Lui cercava di slacciarle il reggiseno da sopra il vestito, prima con una mano poi con due, senza riuscirci.

«Non posso», dissi girandomi di nuovo verso di lei. «Smetterebbe di fare corrente con la finestra della cucina. E poi la tenda non ce l'ho.»

«Sì, e allora? Stiamo qui a guardarli? Sto cercando di dirle qualcosa di molto serio.»

«Tra un po' se ne andranno, andranno in un'altra stanza. Continui.»

«Ma sul serio, cos'è questa storia delle mascherine?» disse indignata e per la prima volta con un po' di spontaneità.

«Le ho detto che non lo so, non li conosco. È dall'anno scorso che vanno avanti così. Si saranno conosciuti durante il Covid con le mascherine e si saranno detti di non toglierle mai più, me lo spiego così. Non che me ne importi. Vuole che ci scambiamo di posto?»

«Eh…» fece guardando di nuovo di fronte. «Sì, se non le dispiace.»

Ci alzammo, cambiammo posto. Nel frattempo quei due erano spariti ruzzolando in un'altra stanza, ma non mi presi la briga di dirlo.

«Era arrivata al punto di dirmi "quello che devo sapere".»

«Sì», disse. Si mise un ciuffo che prima non c'era dietro l'orecchio, bevve mezzo sorso d'acqua. «Ho conosciuto Rebecca tre anni fa, come sua avvocata. Voleva evitare uno sfratto. Ce l'abbiamo fatta. Cominciò a mandarmi regali, a passare dall'ufficio... Ci siamo conosciute. Già allora mi aveva parlato di lei.»

«Per dire cosa?»

«Che esiste. "Un vecchio amico che scrive libri." Sembrava avere un debole per lei.»

«Capito. Continui.»

«Poi si è allontanata. Io sono entrata nel corpo giudiziario, ho lasciato l'ufficio... Ci siamo perse di vista», disse accendendo un'altra sigaretta. «Una settimana fa si è messa di nuovo in contatto con me e ci siamo viste il giorno dopo. Mentre era in un postribolo si è trovata testimone di un fatto orribile nel quale è coinvolto, tra gli altri, un uomo molto conosciuto e potente.»

«Sì, a Rebecca queste cose succedono. Perché non ha accettato soldi?»

«Non li hanno nemmeno proposti. La sera stessa una terza persona ha sporto una denuncia che la incriminava ed è stato avviato un procedimento. Da persone dell'ambiente di Tsechlentìdis. E siccome Rebecca ricordava che le avevo parlato della mia passata relazione con lui, è venuta a cercarmi per vedere se io potessi fare qualcosa.»

«E invece non può.»

«Non solo "non posso". Con Tsechlentìdis siamo stati insieme solo qualche mese, quindici anni fa. Negli ultimi dieci anni siamo ai ferri corti. Ho elementi che lo incastrano, ho un intero dossier. Sono anni che lavoro sul suo caso, che preparo la mossa che lo distruggerà. Per questo ho buoni motivi di credere che mi seguano, ragion per cui sono venuta a cercarla in questo modo.»

«I miei complimenti, contento per lei. Mi dica però, cosa vuole esattamente da me? Che "mi intruda"? Che tiri Rebecca fuori dai guai? Io?» dissi e indicai a braccia aperte l'appartamento intorno, come se bastasse a significare che io non ero né capace né volevo fare cose del genere.

«Non è complicato. Entrerà nell'organizzazione e fotograferà con il cellulare un documento. Un documento che con ogni probabilità sarà del tutto incustodito, in qualche ufficio all'ultimissimo piano, documento che dimostrerà come la testimonianza-chiave contro Rebecca è fallace.»

Passarono alcuni secondi. Non entrava neanche un po' d'aria, solo il suono lontano delle cicale nel parco.

«E lei da tutto questo cosa ci ricava?» chiesi.

«È un'idea di Rebecca. Ne abbiamo parlato e…»

«Di chi è l'idea è un'altra storia. Lei cosa ci ricava?»

«Procedo nelle mie ricerche. Molto. Questo ci ricavo.»

«Quindi è un'idea di Rebecca, ma una decisione sua.»

Aspettò un po' prima di dire qualcosa. Bevve il caffè.

«Sono venuta a trovarla perché me lo ha chiesto Rebecca. Dice che glielo deve da quando una notte è scappato di corsa e lei è rimasta in un bar a ripulire al posto suo e per poco non l'hanno sfigurata, quindi non esiste che non la aiuti ora che ne ha bisogno.»

Era tutto vero. Tranne il *Lefty's*, che non era un bar ma un locale a luci rosse. Mi grattai la nuca.

«E lei pensa davvero che io, uno scrittore che le ha raccomandato una sua amica tanto per, e…»

«Una mia ex cliente. E lei non è uno scrittore.»

«Eh?»

«Se mi devo basare sui suoi due libri che ho letto, gli ultimi due, lei non è esattamente uno scrittore. Lei, in sostanza, è un detective represso. Che dice meno di quello che sa, ci va giù duro negli sviluppi dell'intrigo ma poi si stufa e non porta le cose a termine.»

Restai di sasso. Per mezzo secondo, o forse anche un po' di più. Poi chiusi la bocca e sorrisi.

«Mi scusi, giusto per capire, lei crede che quello che scrivo mi sia successo davvero?»

«Credo esattamente quello che le ho detto. Se lei ficca sempre il naso dove le capita, e soprattutto dove non deve, non è per sbaglio, è perché *vuole* farlo. E lo fa bene. Questo credo. Penso anche che sono quattro anni che non scrive, che in sostanza non ha entrate, che da dieci mesi è al limite e che il suo Airbnb non è dichiarato. Posso dirle con precisione a quanto ammontano le multe previste se tutto questo arriva all'Agenzia delle entrate.»

Adesso non sorridevo più. Il mio sguardo faceva su e giù, dagli occhi alle scarpe di pelle, poi di nuovo ai capelli, poi giù alle ginocchia appuntite, di sbieco alla scollatura e di nuovo su, agli occhi. E lei lì, inespressiva. Avrebbe potuto abbandonarsi a un piccolo fremito di soddisfazione con l'ultima cosa che aveva detto, con il suo gran finale, ci stava, ma niente. Di marmo. Andai in cucina. Mi versai un Haig doppio, tornai indietro e mi sedetti di nuovo in poltrona. Bevvi. Sullo schermo del pc Johnny parlava di nuovo, con l'audio disattivato. Capelli raccolti in uno chignon stretto, occhiali vintage, movimenti lenti. Io però guardavo la procuratrice.

«Cinquecento euro al giorno, netti, nella modalità desiderata», disse. «Credo che sarà questione di qualche giorno. Ma anche se saranno di più, lei verrà pagato.»

Nella modalità desiderata. Bel titolo per un libro con fascisti, trans e Karyofyllià Karabeti nel ruolo della magistrata. Molto meglio di *Dieci mesi al limite*. Mi chinai un po' in avanti. Bevvi. Passò un po' di tempo.

«Diciamo che ci entro», dissi a bassa voce. «Come ci entro?»

«Non lo so. Ma so che stanno cercando un sostituto copywriter, per una durata di dieci o quindici giorni. E che la potrebbe aiutare una sua vecchia conoscenza, Kleànthis Plaskovìtis.»

Cosa sapeva di me quella tizia? Quante ricerche aveva fatto? Plaskovìtis era un ex compagno del Movimento Sinistra Indipendente Unita che veniva da Fisica, con cui giravo venti o venticinque anni fa. L'ultima volta che avevo sentito il suo nome era attorno al 2011, quando aveva fatto il voltagabbana.

«E dove dovrei trovarlo?»

«Non lo so. E ovviamente, quando lo trova, non farà alcun accenno a me. Non farà alcun accenno a me in generale. Né cercherà di mettersi in contatto con me. La troverò io.»

«Dieci o quindici giorni e poi basta, tutto finito.»

«Sì.»

«Duemila di anticipo», dissi.

Annuì subito. Così facile… Ma quando mai.
Bevvi. Entrò di nuovo un po' d'aria dalla finestra.
«A me non versa niente?» chiese.
«No.»
«Perché?»
«Abbiamo detto che non ci conosceremo.»

5

«E poi?»

«Poi se n'è andata. Non so. Sarà andata a casa a rilassarsi», dissi mettendo in bocca il primo cucchiaino di gelatina di frutta. «In verità non riesco proprio a immaginarmela che si rilassa, ma proprio mai», continuai con la bocca piena.

«E? Lo farai davvero? Tipo Hunter Thompson, mi infiltro negli Hell's Angels e via così?»

«Prima Plaskovìtis, poi si vedrà. Devo capire un paio di cose. E se posso farlo, lo faccio.»

«Ho detto che te lo trovo, Plaskovìtis. Aspettiamo. I messaggi sono partiti, sei persone, ex amanti, un coinquilino, un po' di altra gente di Fisica… Ci siamo.»

«E tu non la conosci, hai detto. Non l'hai mai sentita.»

«Dai tempi di Giurisprudenza, no. Da quello che mi hai detto deve essere almeno cinque anni più giovane. E io da un certo punto in poi non ci ho più messo piede lì dentro… Ah, cazzo, ma non mi hai ancora detto se hai sentito gli audio che ha mandato Anghelos.»

Il self-service all'ultimo piano dell'*Hondos Center* di piazza Omonia era immerso nel sole cocente di mezzogiorno, ma i quattro condizionatori dietro ai doppi vetri andavano a palla e mantenevano un microclima attorno ai venticinque/ventisei gradi. Dentro, solo impiegati dell'azienda in pausa, coppiette di un'altra epoca che quasi si erano messe il vestito buono per venire qui a mangiare tagliatelle al ragù a cinque euro e cinquanta, e due o tre nonnini con una Sprite, un giornalaccio piegato sulla superficie nera laccata del tavolo e la suoneria delle chiamate al massimo. Certo avevo individuato anche un hipster *cool* lì in fondo, a est, dove c'erano i séparé che davano sul Licabetto, con i bermuda e la camicia larga e gli occhiali d'osso alla Elton John, che contemplava malinconico la vita ultraterrena, segno che fra tre mesi da uno gli hipster sarebbero diventati cinque e presto sarebbe caduta anche quella fortezza, ma per il momento il divino torpore da snack-bar, l'assenza di musica e il pavimento in gomma a bolli davano battaglia per il cielo di Atene e vincevano.

Con Manos andavamo a Omonia soprattutto per quel posto con i biliardi dentro la galleria, in un seminterrato, molto prima di tutto questo, prima che diventasse avvocato, prima ancora che entrasse a Giurisprudenza e che io partissi per Parigi. Prima della parola *Hondos*. Quel posto con il biliardo, di cui nessuno dei due ora ricordava il nome, se poi un nome ce l'aveva, quello con i due tavoli da ping-pong in fondo, anche se ci regnava il disagio totale perché l'avevamo conosciuto ai sussulti finali, a quel tempo, a sedici anni, ci aveva fatto andare in fissa con l'atmosfera del perimetro piazza Kanningos-piazza Omonia, dove non si camminava dalla quantità di gente, tra il ministero del Lavoro, i biglietti per il derby venduti in nero a ogni angolo e le duecentomila scuole private di lingua, e aveva fatto sì che ci venissimo ancora, di tanto in tanto, per un caffè ogni paio di mesi. Caffè e gelatina di frutta.

«Ma sì che li ho sentiti... Siamo sicuri che siano autentici?»

«Sicuri... Sicuri di che? Non lo saremo mai. In ogni caso convince da matti. Ha proprio lo stesso stile, lo stesso ritmo...»

«Non so. Mi pare che parli in modo un po' diverso, ci infila altre espressioni...»

«Sì, questi scherzi telefonici qui in teoria vengono un po' dopo. Cioè immagina che, sulla base dell'equivalenza dracma-dollaro, lo scherzo dei mille dollari è del '97, e tutti gli altri più o meno dello stesso periodo. Eh, questi due invece devono essere stati attorno al 2000-2001 o giù di lì. Perché parla di Karembeu a Gavros, dello scandalo della Borsa, cose così. Questi vengono dopo. Quindi il suo modo di parlare può essere un po' diverso.»

«E parla della vittoria di Kendèris.»

«Eheh... Sì, bravo, c'è anche Kendèris. Quindi siamo *dopo* le Olimpiadi di Sydney.»

«E dove li ha trovati, abbiamo detto?»

«Anghelos? Vai a capire. Lui dice che sono stati postati per qualche ora su Reddit da un account sconosciuto, che è sparito subito dopo, e che li ha scaricati solo chi ha fatto in tempo. E una di queste cinque o dieci persone è un suo conoscente, un nerdone, che glieli ha mandati. Ma pensaci un attimo... Due scherzi telefonici dimenticati di Fusèkis, adesso, così all'improvviso, dal nulla. In mezzo a tutta questa merda e a questo schifo, con tutti che si svendono, è già *qualcosa*, dai. Il passato torna e si vendica, Krokos! Rimette le cose a posto!» disse Manos, seguendo con un lento movimento della mano l'orizzonte dell'Attica.

«Un diamante nel buio, baby. Fusèkis.»

Era un mito, con i suoi scherzi, a quel tempo. Li sapevamo a memoria tutti e undici, quelli che circolavano, frase per frase. E scoprirne due nuovi era davvero uno shock. Dava il meglio. Ma Manos era paranoicamente ottimista. A me l'orizzonte sembrava esattamente identico a ieri e all'altroieri, cemento e luce, giù in basso la famosa palma e due gabbiani che volteggiavano sopra alle terrazze della chiesa di Aghios Kostandìnos senza muovere le ali. Nessun diamante brillava nel buio e nessun audio riesumato di Fusèkis avrebbe salvato qualche stronzo dalla sua stronzaggine. Né dallo schifo e dallo svendersi, se tutto ciò voleva dire qualcosa.

«Palma d'oro», dissi sfregandomi gli occhi dietro ai Ray-Ban. Il suo cellulare vibrò con una certa intensità.

«Ecco. Ci siamo. "Ghiannis Del", è Delaportas», disse Manos. «"Sono quindici anni che non lo vedo, come ti è venuto in mente?"» lesse meccanicamente. «Occhei. Aspettiamo.»

Andai a pisciare. Nei bagni, vicino allo specchio, una scritta a pennarello sull'infettivologo più conosciuto del momento diceva «TSIODRAS TI VOGLIO ORA», qualcuno aveva aggiunto «NON» a penna dopo «TSIODRAS» e qualcun altro aveva cancellato con un altro pennarello il «TI VOGLIO ORA» e aveva scritto «FROCIO FOTTITI» così alla fine c'era scritto «TSIODRAS NON FROCIO FOTTITI». Sotto, un adesivo strappato con la pubblicità di uno studio commercialista diceva «Avvii – Mutamenti – Cessazioni».

Quando tornai, erano arrivate altre due risposte, entrambe negative. Era parecchio tempo che nessuno vedeva Plaskovìtis. Mi sedetti a finire la gelatina. Arrivò un'altra notifica.

«Quindi fai sul serio? Lo vuoi fare davvero?» mi chiese guardando lo schermo.

«Plaskovìtis e poi vediamo.»

«Perché? Ti prego non dirmi per i soldi.»

«Innanzitutto, perché non devo dirti per i soldi? Cinquecento al giorno, succeda quel che succeda. Lo sai quanti cazzo di problemi risolvo?»

«Perché non *dovrei*», disse e mi guardò storto, forse aspettando che lo insultassi. Lo guardai storto anch'io, impassibile.

«Cosa dice il messaggio?» chiesi.

«Te l'ho trovato. Danai Maltèzou, una sua ex che ha mantenuto i contatti fino a poco tempo fa: "So che abita a Kallithèa con una zia. Non ho il suo cell". Ma mi dà un indirizzo.»

«Bene, mandamelo.»

Mi mandò il messaggio com'era. Poi sollevò lo sguardo e mi guardò di nuovo storto, proprio come prima. Non disse niente e io nemmeno.

Per me non esiste non farlo, Manolo. Sono costretto. Quell'altra andrà dentro, capisci? E me lo chiede. Viene alla mia porta e me lo chiede. Ma c'è anche il resto. Pensa.

Libro. Romanzo. E in più sovvenzionato. Una borsa di scrittura anomala che arriva dal denaro sonante di madame la ossessivo-compulsiva, spuntata dal nulla con tanto d'intrigo e atmosfera, oltretutto. Una persona proveniente dal passato, la malavita, una sconosciuta con dei biglietti da cinquecento sul pianerottolo di casa tua... Adesso o mai più. Quattro anni senza un libro sono tanti. Tra poco saranno otto e poi ciao, è così che va. Salvo Rebecca e allo stesso tempo entro negli Hell's Angels, bevo, mando giù tutto d'un fiato e poi esco per scrivere. E poi alla fin fine capirai gli stronzi. Capirai i bulletti di Tsechlentìdis. Cosa vuoi che sia? Cosa vuoi che mi facciano e perché dovrebbero farmi qualcosa? Sono solo uno scrittore che cerca lavoro. Uno scrittore che cerca lavoro.

Manos continuò a guardarmi storto nel silenzio generale interrotto solo dalle monotone suonerie dei cellulari dei vecchi e dalla cassa del self-service.

«Dai, andiamo», disse.

La sera mi addormentai presto. Sullo schermo del pc in fondo al letto Amber Herd piangeva senza lacrime e Johnny Depp beveva il caffè da una borraccia in acciaio. Dovevo aver fatto gli incubi, ma avevo dormito di un sonno pesante e la mattina non ricordavo quasi nulla. Ricordavo solo che, a quanto pare, volevo chiudere il pc ma non si chiudeva e sullo schermo vedevo aprirsi automaticamente tutti i file di qualunque cosa avessi scritto in vita mia e cancellarsi a una a una dalla fine all'inizio tutte le parole, le frasi e i titoli.

6

Aspettai altri due giorni. Non so esattamente perché. Forse aspettavo di riprendermi la Ibiza che avevo portato a far vedere per un fischio ai freni, oppure che il caldo si calmasse, o ancora di ricevere altri soldi sul conto. O forse era soltanto che qualcosa mi bloccava e non riuscivo a decidermi. Mi sforzavo di ricordarmi Plaskovìtis, com'era fatto, il modo in cui parlava, perché il nostro era introvabile: assente da tutti i motori di ricerca, assente persino dalle liste dei laureati in Fisica. Un fantasma. Non c'era modo di sapere come fosse oggi, che aspetto avesse, potevo solo ricordarmi vagamente la sua faccia: capelli rossi, calvizie precoce, camicie a quadri… Cose del genere, che forse non volevano più dire niente.

Così, passati due giorni, dopo che *paf!* mi ero davvero ritrovato mille euro sul conto, e il caldo non solamente non si era calmato ma non c'era più nemmeno quel filo d'aria, salii sulla Ibiza con le pastiglie cambiate, come nuova, e mi diressi verso Kallithèa.

Parcheggiai apposta tre vie più in là, in zona piazza Cipro. Passai davanti a uno slargo che su maps non c'era, una cosa con due gelsi, due panchine e una cabina telefonica dimenticata, e mi fermai giusto prima della *Fondazione Faro dei Ciechi* allo snack-bar *Quick day* per un Freddo espresso da portar via, poi continuai verso casa di Plaskovìtis. Quando arrivai non andai subito all'ingresso. Mi fermai sul lato opposto della strada, davanti a un nail bar, e bevvi il caffè in piedi guardando il condominio. Tre piani e un seminterrato. Ingresso con lastre di marmo e otto scalini per arrivare al portone, piante solo sul secondo. In dieci minuti non entrò né uscì nessuno. Buttai il bicchiere di carta in un cassonetto e attraversai la strada. Il nome «Antigòni Plaskovìti» corrispondeva al secondo piano. Suonai il campanello. Niente. Attesi un po' e suonai di nuovo. Niente. Scesi gli scalini fino al marciapiede e guardai in alto verso il balcone, sia mai che spuntasse una testa. Niente. Pensai di tornare allo snack-bar e aspettare un po', ma prima ancora di fare un passo il portone di ingresso si aprì: una vecchia ben tenuta, trucco pesante, capelli corti tinti con riflessi biancoaranciati e una tuta stampata con uccelli del paradiso stava lì e mi guardava. Con lei c'era anche uno scricciolo di boxer che mi guardava pure lui e forse si tratteneva per non abbaiare. Mi tolsi gli occhiali.

«Cosa vuole?» mi chiese brusca.

«Sono Michalis Krokos, un vecchio amico di Kleànthis.»

Subito la sua espressione si addolcì, rabbonendosi. Persino il boxer si calmò un po'.

«E quando... Voglio dire, da dove... » fece, e poi «venga, salga...» lasciandomi entrare.

«È di sopra?» chiesi salendo gli scalini. «Tra l'altro mi deve scusare, è solo che non trovavo più il suo numero e sono capitato da queste parti, così mi sono detto che...»

«Qui», disse, davanti all'ascensore. Aveva occhi molto piccoli la signora Antigòni, ma con tutta quella matita sbrilluccicante attorno parevano enormi. Due buchi neri di glitter con un po' di bianco nascosto in fondo. Forse aveva anche le ciglia finte. Anzi no, era sicuro.

«Qui dove?»

«Kleànthis non è di sopra, deve andare di là», rispose indicando una scala dietro di me. Una scala che scendeva nel seminterrato. Il boxer emise un gemito soffocato e girò il muso verso l'ascensore.

«Giù, in cantina? È lì adesso?»

«Non è una cantina. È la casa di sotto, della cugina di sua madre, che è rimasta nubile perché le hanno fatto una fattura.»

«Una fattura?»

«Proprio così. Si era innamorata di un medico di famiglia che avevamo in quel periodo, ma lui aveva già divorziato tre volte. Sì, tre volte, e la terza moglie, quella di Itea, le ha fatto una fattura. Se non altro si è tenuta la casa. È lì che abita il mio Kleànthis... Qui sta più comodo di quando stava a Patìssia che ci aveva messo dentro la pazza e con tutto quello che gli ha combinato l'hanno persa la casa, qui ha spazio per i suoi libri e le sue cose, con tutta la roba che raccatta... Ha anche il suo campanello all'ingresso, ma non ci ha messo il nome. Dice che preferisce così. Vada, è di sotto, sarà molto felice di vederla.»

Guardai la scala buia. La signora Antigòni mi si avvicinò. Quanto cazzo di profumo si era messa. Mi toccò il braccio.

«È un bravo ragazzo», disse a bassa voce. Poi si girò, aprì la porta dell'ascensore, entrò dentro con il cane e sparirono salendo verso l'alto.

Ed era vero. Me ne ricordai nel momento in cui lo disse. Kleànthis era un bravo ragazzo, ed ero già al secondo, al terzo gradino e scendevo, leggeva molto, aiutava gli altri ed era un bravo ragazzo, di lui ti potevi fidare, aveva qualcosa di selvaggio, in fondo, ma che gli veniva fuori come una forma di bontà, ed era proprio buio, adesso, dopo l'ottavo gradino, decimo, e agli ultimi due gradini la scala svoltava e conduceva a un lungo corridoio, c'era solo un'uscita di sicurezza a sinistra e una finestrella in alto, dieci metri più giù, da cui entrava una luce fioca proveniente forse da un cortiletto, era un bravo ragazzo, a quel tempo, e come aveva detto la signora Antigòni, con tutto il bene che gli voleva dal profondo del cuore, era un bravo ragazzo anche adesso, Kleànthis. Eccomi immobile davanti alla porta, a sentire il mio respiro in quel silenzio assoluto, dopo un attimo allungai la mano e bussai tre volte nel modo più neutro possibile, né troppo forte né troppo piano, *toc toc toc*. Seguirono una decina di secondi in cui non successe niente, poi si sentì un lieve rumore, qualcosa come un cigolio, qualcosa come dei passi, poi di nuovo silenzio, quindi a una a una si sentirono aprire quattro serrature, tirare due grossi chiavistelli e la porta si aprì.

7

Portava ancora una camicia a quadri. Nera e gialla. Ma aveva perso tutti i capelli, o se li era rasati, o entrambe le cose. Un delirio di foruncoli, soprattutto sulla fronte e attorno alla bocca, alcuni molto grandi e pieni di pus, luccicavano sulla pelle bianchissima sotto la luce forte di una lampada che non vedevo.

«Che si dice Plaksman?» cominciai.

Non fece niente, all'inizio. Si limitò a osservarmi intensamente insistendo sulla mia faccia e dopo un po' sorrise con una serie di denti perfetti che stonavano con tutto il resto.

«Allora ti sono arrivati i messaggi», disse con una voce molto grave, sussurrata. «Ti sono arrivati.»

«Non so di che messaggi parli ma entriamo e dammi un po' d'acqua fredda perché crepo di sete», risposi perfettamente a mio agio, anche se fuori in corridoio c'ero solo io.

Passò un intervallo di tempo random in cui Plaskovìtis continuò a sorridere e a guardarmi, poi girò i tacchi e si avviò verso l'interno.

«Dai entra, Krokos», disse avanzando e accendendo un'altra serie di luci, tra le quali una blu. «Dai su, entra.»

Dai su, Krokos. Entrai. Feci due passi dentro casa sua, ma prima che avessi il tempo di guardarmi intorno di colpo si girò ancora verso di me. Con lo stesso sorriso. Di sotto portava solo un paio di boxer larghi. Da molti giorni.

«Dimmi un po', allora gli altri li vedi ancora?» mi chiese.

«Chi? Quelli di Fisica?»

«Perché chiedi, visto che hai capito? Perché la gente fa sempre così? Per guadagnare tempo? Così invece il tempo *si perde*! Pensi che ne abbiamo molto, di tempo?»

«La gente ha tutto il tempo che vuole, io ho un'ora circa. Dammi un po' d'acqua.»

Finalmente Plaskovìtis chiuse la bocca, ma continuò a sorridere, in modo un po' più normale. Poi fece un cenno con la testa a significare che ero un rompipalle, il che era molto positivo, e andò in fondo alla stanza, dove c'era un grande frigo a due porte. In generale era tutto grande lì dentro. Lo spazio doveva superare i centoventi metri quadri. Scaffali metallici componibili coprivano i muri per tutta la lunghezza del salone, nascondendo anche le tre finestre in alto, quasi all'angolo con il soffitto, che guardavano sulla strada. Tra le doppie file di libri, giornali e riviste, tra i faldoni verticali e le innumerevoli cataste di fogli, penetrava qualche misero raggio di sole. Raggi carichi di polvere, che scomparivano a uno a uno man mano che Plaskovìtis accendeva luci e lucine mentre tornava da me con una bottiglietta di acqua Vikos sigillata in mano.

Manuali di fisica e biologia, di meccanica, di informatica... Vecchie enciclopedie, infiniti «National Geographic» e «Science», una collezione intera di «Penthouse», una collezione intera di «Conan il barbaro», libri sugli scacchi, sul bridge, sui tarocchi, un acquario con delle tartarughine, un altro acquario vuoto, due vecchi computer, tre vecchi portatili, svariate casse, cavi, caricatori, trasformatori, opuscoli medici sulla schizofrenia paranoide, sulle ustioni di terzo grado, sull'asma, sull'osteoartrite, un'immensa mappa del globo di due metri per tre sul muro interno con un tappeto di bigliettini attaccati sopra con le puntine, riportanti informazioni e statistiche, una foto sexy di Margot Robbie in *Tarzan* e un'altra quasi uguale di Naomi Watts in *King Kong*, una accanto all'altra in un dittico, un piccolo ritratto del giornalista greco-francese Nikos Aniàgas dietro a due merli imbalsamati, una stecca da biliardo di buona qualità e centinaia di soprammobili, vasetti, monete, dadi e pedine di giochi da tavolo, mattoncini Lego, gusci di lumaca, candele, candeline e lumini di tutte le grandezze possibili, cacciaviti minuscoli per le viti degli occhiali, pinze per rimuovere la guaina dei cavi, biglie, *beglèri*,* rosari, parecchi ventilatori portatili, diversi spray, al peperoncino, ad aria compressa per la polvere, spray per le cimici da letto, spray nasali, decine e decine di campioni di collutorio, rasoi usa e getta, matite e gomme e temperini, righelli e goniometri, ciottoli, pietre e pigne.

«Cosa non hai messo su qui dentro, Plaks...» dissi aprendo l'acqua.

---

* Piccolo scacciapensieri costituito da una corta cordicella, alle cui estremità sono infilate due o più perline di materiale vario. Proviene dal più conosciuto *kòmboloi*, in origine un rosario. [N.d.T.]

Si sedette su una sedia da ufficio senza bere niente. Io bevvi un sorso.

«No davvero, parliamone di quello che hai messo su...»

«Si chiama ultima linea difensiva, Krokos. Mi auguro che anche tu abbia messo su qualcosa di simile oltre alle tue storie», disse, e mi indicò uno scaffale. In un angolo c'erano i miei libri.

Mi avvicinai, gettai un'occhiata: ce li aveva tutti, persino *Attimo di follia*, ma non mi soffermai. Mi girai e continuai a perimetrare lentamente con lo sguardo gli scaffali, i poster, gli oggetti.

«No, non ho messo su niente di simile», dissi a bassa voce.

«Mah sì, sono divertenti.»

«I miei libri?»

«I tuoi libri. È questo il problema. L'ironia. I codici. E i titoli.»

«Sì, lo so», dissi meccanicamente, continuando a seguire il muro orizzontalmente. Non c'era libro o rivista che non avesse all'interno parecchi segnalibri e fogli con appunti scritti a mano. Bevvi un altro sorso.

«Voglio dire, dai, titoli in inglese, ti pare... *Sunny Side Up* e *Waves Will Rise*... Ma per favore...»

«È stato un caso. I prossimi saranno in greco.»

«Niente è un caso, il caso non esiste come non esiste il tempo... Scrivi ancora? Stai scrivendo qualcosa adesso? Come mi hai trovato? Vuoi qualcos'altro da bere?»

Plaskovìtis vedeva che stavo al gioco e fremeva dall'entusiasmo.

«Tramite Manos», dissi calmo. «Sì, una birretta la bevo se ce l'hai.»

«Manos! Chi, quel tipo ridicolo a cui piaceva correggere gli altri mentre parlano e poi sorridere come un ritardato?»

«Lui. L'ha piantata di sorridere», dissi. Plaskovìtis si ricorda di te, e ti vuole molto bene, Manolo. Se esco vivo da qui mi devo ricordare di mandargli un messaggio.

«E lui come mi ha trovato?» disse dirigendosi di nuovo verso il frigo enorme.

«Non lo so. Senti, mi servi per una cosa.»

Non rispose. Tornò con una confezione da sei di birre da discount, ancora imballata. Le appoggiò su un tavolino basso. Ne tirai fuori una, la aprii e bevvi.

«Ti sei mai chiesto perché solo gli ex compagni di scuola organizzano "reunions" e mai gli ex compagni di università?» disse prendendo una birra anche lui. «Perché tutti, in genere, vogliono tornare all'infanzia, non agli anni dell'università. E sai perché non vogliono tornare agli anni dell'università? Perché per qualche motivo sono convinti che siano ancora gli anni dell'università. Cosa sbagliata. Sbagliatissima. Non sono gli anni dell'università per nessuno. Neanche per gli studenti. Ahahahah!»

Sorrisi. Sollevò la birra per fare un brindisi a distanza, la sollevai anche io.

«Voi invece fate una "reunion" e vi mettete anche a cercarmi?»

«Esattamente. Sei l'ultimo pezzo del puzzle 1993-1996. Ti cercano tutti come matti, Plaksman. E io ti ho trovato.»

Plaskovìtis diventò serio.

«Sì, mi ricordo che eri pseudosituazionista», disse.

«Con quell'aria, quel tuo senso dell'umorismo, quell'io sono così e colà...»

«Situazionista, io? Sei sicuro?»

«Non ho detto situazionista... Ma adesso dimmi, sul serio... Perché sai, siamo arrivati a quell'età in cui, come dire, gli ex compagni di scuola si rivedono e tirano le somme senza speranza. Si mostrano lo smartwatch l'un con l'altro per farsi vedere quanti passi hanno fatto il giorno prima, passano in rassegna a chi è andata bene e chi si è fottuto, si riconfortano ritrovando i vecchi ruoli e parlano di serie e film degli anni Novanta come se fosse stata l'epoca migliore del mondo...»

«Ti confondi, Kleànthis. Tu sei andato in una scuola privata a beccarti queste cazzate. Io non so neanche cosa voglia dire "reunion". Forse un'isola nell'oceano Indiano», dissi indicando la mappa del globo con il dito mignolo.

«Ah giusto... Tu eri al *Lycée français Octave Merlier*. E poi Parigi, il signorino, e aria di superiorità, lasciamoci pure alle spalle gli altri e la loro merda», disse e bevve con una rumorosa sorsata. «A cosa ti servo, Krokos?»

Non era un buon momento. Mi girai verso gli scaffali.

«Cosa ce l'hai a fare lì Nikos Aniàgas?»

«AH NO MA UNA VOLTA HAI DETTO UNA COSA TROPPO FORTE MI RICORDO», disse subito Plaskovìtis, aumentando di colpo i decibel. «ERAVAMO IN MACCHINA CINQUE PERSONE, TORNAVAMO DA QUALCHE POSTO ERA TARDI, L'ALBA, FORSE DA ALIMOS, LA METÀ ULTRASBRONZI, L'ALTRA METÀ MORTI, BIANCHI, MA ANCORA CHE SI MUOVEVANO AL RITMO

DELLA MUSICA, C'ERA ANCHE ANDREAS ORETRE TE LO RICORDI ORETRE CHE COMPARIVA SEMPRE DOPO MEZZANOTTE E ANNI DOPO SPACCIAVA SUPER HOFMANN IN PIAZZA MAVILI? E INSOMMA IN MACCHINA CI FURONO DIECI MINUTI DI SILENZIO E TU HAI DETTO "IL PRIMO CHE SI ADDORMENTA SVEGLIA GLI ALTRI", TE LO RICORDI?»

Parlava in fretta, a voce alta e meccanicamente. Tutte le sillabe con lo stesso tono. Dalla tensione gli si era gonfiata la faccia.

«In una Scirocco nera, veloce», dissi. «Non da Alimos, da Inofyta. Io accanto al conducente. Ecco. Di chi era, di chi guidava, di cos'è successo dopo, non mi ric...»

«AVEVO UN ACCORDO CON UNA PERSONA DELLE POSTE PER MANDARE INCISIONI FATTE DA ME DI VOLATILI GRECI PER UNA SERIE DI FRANCOBOLLI», urlava mantenendo lo stesso ritmo. Con uno scatto si alzò e venne verso di me.

«AVEVO FINITO TUTTA LA SERIE, PERNICE, FAGIANO, SPARVIERO, TRE MESI DI ROTTURA E LÌ LA COMUNICAZIONE SI INTERROMPE. COSÌ ALL'IMPROVVISO. E un bel giorno un anno dopo, UN INTERO ANNO DOPO mi arriva una mail CHE QUELLA MERDA, QUELLO STRONZO, QUEL TROIONE...»

«Potresti evitare di urlarmi in faccia?»

«Che all'ultimo momento aveva preso LUI l'incarico, BYPASSANDO LA PROCEDURA! E VUOI SAPERE CON COSA? CON DELLE CARTOLINE! TRAMONTI, SANTORINI, CAPO SOUNIO, MONEMVASIA...»

«Plaskovìtis, smettila di sputarmi Cristo!» dissi e mi

alzai in piedi. «Non me ne frega un cazzo della tua storia con le Poste.»

Mi asciugai con la maglietta, aprii un'altra birra. Bevvi. Andai verso la fotografia di Aniàgas. Il neon blu sopra di me sfarfallava. Girai uno degli uccelli imbalsamati verso Aniàgas, con il becco appoggiato al vetro.

«Lo GNIE cerca un copywriter. Come faccio a entrare?» chiesi.

Di colpo scomparvero il fiatone e la tensione che aveva addosso. Si girò e mi rivolse uno sguardo serissimo. Poi sorrise con i suoi denti bianchi.

8

Per un bel po' non aveva detto una parola. Io ero alla quarta birra, lui alla seconda. Stava seduto e mi guardava, il sorriso si era gradualmente trasformato in mutismo. Pensava però. Mi guardava, pensava e di tanto in tanto emetteva un lieve rumore aprendo e richiudendo leggermente la bocca, sbattendo i denti di sotto contro quelli di sopra. *Tac. Tac. Tac.*

A un certo punto si alzò e portò un'altra confezione di birre da sei.

«No, ti dirò l'altra cosa. Conosci le zone sopra all'Achelòos?»

«Intendi il fiume?»

«Sì, verso Arathos, Chortarià… Su in montagna. Sul Pindo. In Epiro.»

«E grazie al cazzo… Direbbe mio zio epirota.»

«Paesini dimenticati», continuò. «Lì non ci ha messo piede nessuno, né albanesi Cham né niente.»

«Fantastico», dissi aprendo la quinta birra.

«Prima della guerra, ci sono testimonianze che lassù succedesse quanto segue: una volta all'anno, nel mese di marzo, in piena notte gli uomini partivano da un villaggio assieme ai bambini piccoli, maschi e femmine, spesso i loro. Quando arrivavano in mezzo al nulla, gli uomini rimanevano indietro e all'improvviso deviavano dal percorso lasciando i bambini a perdersi da soli nel bosco.»

«Quando, abbiamo detto?»

«L'ultima testimonianza è di prima del '40. Quando succedono è un'altra storia che ti dirò tra poco. I bambini, dicevamo, adesso sono da soli, sperduti e impauriti. Un po' più in là si è preparato un altro gruppo di uomini, a volte con le facce dipinte di nero, altre con addosso maschere e pelli. Questi prendono i bambini e li stuprano. Sono persone di un'altro paesino, più lontano. Allo stesso modo, il primo gruppo ritrova e stupra i bambini del secondo, che sono stati portati anche loro nel bosco e lasciati da soli a perdersi. Si fanno gli uni i bambini degli altri. Questa cosa funziona allo stesso tempo come educazione sessuale, come creazione di un trauma e della paura del bosco e degli estranei, come collante per il gruppo di adulti correi e come soddisfazione degli impulsi tramite l'aggiramento di un tabù. Incesto effettivo non c'è, visto che ti fai il bambino di un altro e quell'altro si fa il tuo. Subito dopo gettano le maschere e le pelli, ritrovano i loro bambini, li abbracciano e li consolano per il male avvenuto. Anzi gli dicono che NON è avvenuto, che è stato un brutto sogno. Quando tornano indietro, e per tutto il periodo successivo, non se ne parla più. Le donne del villaggio sono più o meno al corrente, ma nessuno parla del fatto, che è come se non fosse avvenuto. È davvero un brutto sogno perduto nel bosco. La chiamano "la notte con i cervi", perché lì giocavano certi cervi grandi e rossi i cui maschi fanno branco a parte e a volte sono aggressivi, si suppone. La chiamano anche “la notte nel brutto sogno”.»

Bussarono alla porta. Sobbalzai.

«Non ne vogliamo», disse Plaskovìtis.

«Lascio qui fuori?» gridò la signora Antigòni dal corridoio. Con lei abbaiò anche il boxer.

«NON NE VOGLIAMO!» ripeté.

Si avvicinò e si chinò verso di me. Molto vicino. Con la camicia a quadri, i boxer dell'altroieri e i brufoli con il pus. Io guardavo davanti a me, verso le finestre con la luce fioca.

«Cosa mi avevi chiesto?» disse.

«Cosa sono queste cazzate di stupratori a Kolopetinìtsa, eh, Plaks? A me cosa importa di queste storie? GNIE. So che puoi aiutarmi. Come ci entro in contatto?»

«Ah, ma io non ti sto affatto parlando di Kolopetinìtsa, Michalis. Né dell'Achelòos, né del 1940», disse bisbigliando. «Ti sto parlando dell'essere umano e della sua condizione. Del 2022, di Atene, dello GNIE. Ti sto parlando di quello che mi hai chiesto.»

Si avvicinò ancora di più, a cinque centimetri dal mio orecchio, e parlò ancora più piano.

«Alzati e vattene da qui.»

«Come ci entro in contatto?»

«In mille modi. Sei hai uno stronzo di fratello minore che ci è dentro fino al collo, come ce l'ho io, diciamo, e forse per questo ti ha mandato da me chi ti ha mandato da me, si può fare. Se conosci un po' di dark web, se sai come imparare un po' di cosette, come entrare nei dark forum dove vengono manipolati depressi e sottoni incel, come parlare con queste organizzazioni dal basso verso l'alto, anche in questo caso si può fare. Tutto si può fare. Ma è questo che vuoi? Sei sicuro al cento per cento?».

«Sì», dissi.

«Benissimo. Via di qui. Verrai contattato.»

Finii quello che era rimasto della mia ultima birra e mi alzai in piedi. Mi girò la testa, mi si annebbiò la vista. Non lo detti a vedere. Mi strofinai gli occhi. Cinque birre sono pur sempre cinque birre.

«Ci sentiamo Plaksman», dissi andando verso l'ingresso.

Venne con me. Aprì. Fuori, per terra, un vassoio con due piatti di cannelloni, pane e insalata verde. Lo scavalcai e uscii in corridoio. Dietro di me Plaskovìtis stava di nuovo bisbigliando qualcosa, ma non riuscii a sentire.

«Cosa?» chiesi.

«Dico, è troppo tardi per la tua amica», fece chiudendo la porta.

9

Ero ubriaco chissà dove a Kallithèa, era sceso il buio e cercavo di capire dove avessi parcheggiato. La notte del cervo e la zia di Itea che le hanno fatto la fattura... Dove cazzo avevo lasciato la macchina? Finii per la terza volta in piazza Cipro con la mente annebbiata. Entrai nel bar *Kingdom*, che faceva angolo di fronte a un internet caffè abbandonato, andai dritto in bagno, cento litri di birra, tornai, mi sedetti su un divanetto e ordinai un toast doppio prosciutto, formaggio e pomodoro e molta acqua. *Tunz tunz* potente, tre schermi con il calcio, tamarri locali. Solo lì mi resi conto che le mani mi tremavano dalla tensione. Accanto a me, una discussione esistenziale uomo-donna ma forse non coppia. Arrivò il toast, con le patatine. Presi a mangiare.

«No io però da tutta questa storia mi voglio allontanare, *too much* grazie, ho già dato, prendo le distanze», disse il tizio. «Perché sai cosa c'è, non ha niente da *darmi*, non ha niente da *offrirmi*. Ci sono stato, sono stato al gioco, ho avuto la mia *challenge*, ho avuto l'intensità, ma mi ha anche logorato. *Thank you, next*.»

«Sì», disse lei.

«Finivo per raccontare le bugie anche a me stesso.»

«Sì.»

«A non essere neanche più me stesso.»

Al terzo «sì» la tizia mi puntò gli occhi addosso, mentre mangiavo, con la maionese, il ketchup e tutto il resto, sentendomi appena uscito da un film dell'orrore, dopo Plaskovìtis, ma tutto sommato abbastanza a posto, con i capelli bagnati sotto il rubinetto e la maglietta nera comoda. Lei capelli castani con i boccoli, top beige come-fossi-a-casa, senza reggiseno, senza trucco, un mezzo sorriso ironico. Ordinai una birra.

«Ma mica mi pento. Non mi guardo indietro. Solo avanti. *Keep walking*. Basta con le relazioni tossiche che si autoalimentano. Ho già skippato. Il loro sguardo neanche mi sfiora. Lo ignoro, o lo affronto. Ah, non c'entra, ma come ti guardava quello, a Thissìo, l'altro giorno? Aveva la bava alla bocca, ti rendi conto?»

Smisi all'improvviso di guardare la tizia. Televisione. Calcio. Birra. E, soprattutto, via di qui. Via dal *Kingdom* e da Kallithèa.

«Sì», disse di nuovo lei.

Poi il tipo che raccontava bugie a se stesso si alzò e andò a sedersi al bancone, dove altra gente gli aveva fatto un cenno, e rimase lì. Dopo un attimo mi alzai anche io. Non aveva smesso di guardarmi.

«Ti sei perso eh?» mi chiese.

«Più o meno. Ma tu come lo sai?»

«Ti ho visto fare tre volte il giro dell'isolato, fuori, prima che entrassi.»

Lasciai dieci euro.

«Per caso sai dov'è un parchetto con una cabina telefonica, verso il *Faro dei ciechi*? La macchina l'ho lasciata lì accanto ma non lo trovo.»

«Sì», rispose. «Andiamo, ti porto io.»

Davanti alla Ibiza del '90 rise e mi chiese se era elettrica e silenziosa o se andava con la forza del pensiero, sul rettilineo di viale Syggroù mi spiegò perché *Vikings: Valhalla* era una sola in confronto al *Vikings* iniziale – falso, che lo vedessi o no – entrando in via Asklipioù mi disse che si chiamava Lora, all'ingresso del condominio che il centro di Atene è assolutamente insopportabile e in generale come facevo a stare lì, in ascensore che comunque le sarebbe piaciuto abitare un po' in centro, per viverselo, e in salotto si esaltò per il processo di Depp non stop ventiquattr'ore su ventiquattro, perché anche lei lo guardava e quell'altra di sicuro era una pazza e l'aveva rovinato ma vabbè anche lui non è che ci stesse del tutto con la testa. Versai due bicchieri. Amber stava ancora rilasciando la sua deposizione. Johnny parlava con il suo avvocato e non la guardava neanche di striscio.

«*Nooo, ma sei serio*?» disse Lora. Tirò fuori il telefono e scattò una foto del tavolo con il pc aperto e tutto il resto del disagio, considerando quella scena come qualcosa di molto, molto al limite. Lei, che abitava a due o tre isolati da Plaskovìtis. Guardò il suo schermo. «Dai, non è possibile. Dammi un numero, una mail, QUELLO CHE VUOI!»

«Sì, tra poco», dissi.

Andò verso il computer e, senza chiudere la finestra con il processo, mise Lana Del Rey.

«Tra *quanto* poco?» chiese e si avvicinò con la bocca ferma sull'ultima «o».

Cominciammo a limonare in piedi, cademmo sul divano, io con le mani che non avevano mai smesso di tremare e ora afferravano e palpavano con forza come se volessero reggersi a qualcosa, e la testa pesante, suonata, che le infilavo nel collo e fra le tette, lei che quasi mi menava con prese al collo, pugni e pizzicotti, dicendomi ogni tot «Guardami negli occhi, voglio che mi guardi negli occhi», e lì arrivò una notifica di quelle strane, di quelle dei messaggi che non manda più nessuno, all'una del mattino, una inoltrata. Guardai lo schermo. Un SMS da un numero sconosciuto che diceva solo «Oggi 11.30 colloquio viale Mesoghìon 2-4 ingresso centrale».

10

Dicono che la barba cresca anche dopo la morte. Anzi, tutti i peli. Anche le unghie. Per almeno ventiquattr'ore. A questo pensavo alle nove e qualcosa mentre ricominciava il caldo serio e di colpo mi tornò tutta insieme la sovraeccitazione. Avevo la testa sprofondata nel cuscino e la faccia graffiava contro la federa se appena muovevo il mento, *scratch scratch*, il rumore mi arrivava nelle orecchie moltiplicato per dieci, a palla. Radermi per il colloquio. A questo pensavo.

Mi alzai. Ero sudato, Lora era andata via e dal salotto si sentivano le pubblicità di YouTube. Mi feci una doccia, preparai il caffè, controllai se mi erano arrivati i cinquecento euro, erano arrivati, feci partire per l'ennesima volta l'audio di Fusèkis e andai allo specchio a radermi. Rasatura profonda, a contropelo, con l'acqua bollente che appannava il vetro.

Cosa intendeva Plaskovìtis con «è troppo tardi per la mia amica»? Che ne sapeva quel toccato di Rebecca? Informazioni dal dark web dove «impari un po' di cosette»? Quali «cosette»? Sui «sottoni incel»? Cos'erano i «sottoni incel»? E cos'erano quelle storie sui villaggi del Pindo? E perché mentre entravo mi ha detto che «mi erano arrivati i messaggi»? Quali messaggi? Maledetto spostato… Smisi di radermi anche se non avevo finito e andai al computer. Incel: «Voce inglese, composto di *in(voluntary)* e *cel(ibate)*, cioè scapolo involontario, bla bla bla, cultura di internet, bla bla bla, sviluppano autocommiserazione…» sì va bene, ok. E com'erano i nomi dei villaggi? Maratho… Chloi… Chlimìtsena… Ok, non esistevano. Non esisteva un bel niente. Erano un prodotto del suo cervello malato. Stavo bene. Stavo benissimo. Colloquio con gli stronzi, mi arrivano i soldi, per come la vedevo sarei rimasto lì cinque giorni, una settimana al massimo. Sarebbe anche stato divertente. Forse.

«Ah, merda, ma l'indirizzo che mi hai detto è quello della Torre di Atene!»

«Dove c'è la *Giant* di Ghiakos Drakos in *Shine*?»

«Sì, la *prima* Giant, poi l'hanno spostata da qualche parte a Maroussi.»

«Ma il grattacielo non è su viale Vasilìssis Sofias?»

«Lo vedi *passando* per Vasilìssis Sofias, per questo ti confondi. Invece è all'inizio di Mesoghìon, dove il viale fa una mini curva e poi continua dritto.»

«Dove c'è il cinema Galaxìas?»

«Esattamente.»

«E quindi? Parcheggio ad Ambelòkipi.»

«Parcheggi dove ti pare. Dovevi lasciarla prima, mi sa. Dove sei adesso?»

Manos mi stava dietro più che a se stesso. Era così da quando ci conoscevamo e sarebbe stato così per sempre. Adesso era anche entrato nel trip seguo-Krokos-passo-

passo, avventura, «dai che gli facciamo il culo», e mi chiamava ogni due minuti per sapere come andasse.

«Ancora su viale Alexàndras. Tutto fermo. Manco alla questura sono arrivato», dissi mettendo la testa fuori per guardare avanti, ma ero circondato da tre minivan turistici coi vetri fumé e non vedevo niente.

«Sì, aspetta che controllo...» disse, forse guardando sul GPS. «Non ha senso, Mike. È tutto rosso, è tutto bloccato. Gira in su e parcheggia dove trovi. Tipo in via Armatolòn e Kleftòn, lì da qualche parte la infili. Sei a venti minuti a piedi. Ci sta.»

«Va bene.»

«Come sei vestito?»

«Maglietta blu scuro e jeans.»

«Cazzata i jeans, suderai.»

Arrivai in viale Vasilìssis Sofias in orario, ma non potevo attraversare perché stava passando una scia impetuosa di coglioni con i roller che indossavano magliette «Atene città a misura d'uomo» e gli sbirri chiudevano la strada intorno, così mi fermai all'ombra di un gelso in via Tsòcha per non schiattare. Un quarto d'ora dopo ero davanti all'ingresso della *Giant*, tra la fontanella e le yucche giganti. Una bionda, massimo trent'anni, pantaloni di lino con lacci e laccetti, uscì quasi subito e mi fece cenno con la mano di avvicinarmi.

«Michalis Krokos?» mi chiese con una vocina acuta come un trapano.

«Sì.»

«Venga.»

La seguii all'interno. Masticava una gomma. Infilò una carta magnetica per accedere alla prima hall, entrammo, subito aria condizionata a palla. Mi indicò di sedermi un attimo su una panca e si spostò per parlare al telefono. Mi sedetti. Appoggiai la schiena al muro e mi concentrai sul vuoto.

Titolo: «Nella modalità desiderata». Nessuna sensazione. Così andava. Avevo braccia e gambe paralizzate da tempo, il mio cervello era un enorme batuffolo di cotone imbevuto d'acqua ossigenata. Nel castello di Dracula e non sentivo niente. Addirittura in bocca a Dracula, mentre con i canini mastica una gomma. Niente di niente. Perché lo stavo per fare? Perché ero lì? Per i soldi? Per salvare Suzana?

Avrei chiamato Rebecca «Suzana», una cosa simile.

Dai su, non fare così con me. La verità. Eri lì perché qualcuno, qualcosa, ti aveva detto che avresti potuto rivivere. Che saresti ridiventato uno scrittore. C'era pioggia all'orizzonte, e volevi sentirti bagnato. Volevi che fosse giorno, e che piovesse forte. Che non ti sorprendesse alle due del mattino sotto la tettoia di un Kiosky *in via Sòlonos, da solo, mezzo morto su una sedia nera metallizzata con un caffè e una sigaretta elettronica.*

Adesso era in piedi a due metri da me e mi aspettava.

«Venga», disse di nuovo scandendo.

Entrammo in uno dei tre ascensori. Specchi da ogni lato, pure sul pavimento. Pigiò il 21. Cominciammo a salire a gran velocità. I numeri rossi in sovraimpressione su sfondo nero.

«Eleni Fikàrdou.»

I miei coglioni... «Piacere.»

«È un po' *in ritardo*.»

«Sì. C'era una...»

«Sì, sì, lo sappiamo, il passaggio della Mezza Maratona roller. Ma comunque non deve arrivare in ritardo. È una cosa che non gli piace per niente.»

A chi non piaceva?

«Sì...»

Ding-dong, eravamo al ventunesimo piano. Girammo a destra, poi a sinistra, muri bianchi con porte di uffici, ristrutturati molto di recente, un largo corridoio.

All'altezza di una porta blindata dove c'era scritto «*Larry Christophorides & Associates*» Eleni Fikàrdou suonò il campanello. La porta si aprì.

«Siamo arrivati. Aspetti nella prima sala assieme agli altri», disse e se ne andò seguendo l'ampio corridoio con la sua gomma e i suoi laccetti.

Entrai. L'aria condizionata era ancora più forte di prima. Tanto che tutti lì dentro indossavano felpe e giubbetti. Fortuna che almeno avevo messo i jeans, Manolito. Non so se mi aspettassero, ma nessuno reagì. C'erano tre uomini, tre bellocci, seduti sparsi in una grande stanza, a metà tra un ufficio e un salotto con poltrone ergonomiche e mobili di design. La vista adesso era una rivelazione: tutta Atene fino alla fine, l'Hilton, l'Acropoli, il mare, Egina, decine di navi cisterna che brillavano al sole. Il problema era l'interno. C'erano poster di film, da *Il padrino Parte II* fino ai supereroi, Spiderman, Hulk e simili, e una gigantografia di Ghiannis Antetokounmpo con una canotta nera e la bandiera greca sulle spalle. Tutto attorno erano appese lucine multicolori, tipo quelle di Natale, spente. Al centro della stanza un tavolino basso e largo con un cassetto e, sopra, una vecchia macchina da scrivere Olivetti arancione, diversi caffè, cancelleria e una pallina bianca, forse da baseball. Né pile di scartoffie né fascicoli o faldoni, niente di simile. Non so che istruzioni mi avrebbe dato la Charìtsi per trovare il suo documento, ma di sicuro lì non c'era. Uno dei tre stava seduto dietro a una mini scrivania con un pc e dei pistacchi. Giocherellava con una penna e aveva i piedi sulla scrivania, mentre alle sue spalle c'era un grande specchio che occupava mezzo muro. Accanto allo specchio, una porta. Gli altri due erano seduti sulle poltrone. Trentacinquenni *cool*. Niente a che fare con lo scantinato ultrabuio che mi ero immaginato.

Mi salutarono con un cenno senza davvero guardarmi. Mi sedetti sul divano. Non succedeva niente. Attesa. Lavoravano lì? Qualcuno era lì per l'annuncio? Uno dei due seduti in poltrona prese la pallina da baseball e cominciò a schiacciarla tra le mani. I piedi di quell'altro sulla scrivania andavano leggermente su e giù. Allora mi accorsi che indossavano tutti e tre le stesse scarpe da ginnastica. Basse, con una grande «H», di diversi colori, ma le stesse. Come un marchio di fabbrica, come una divisa. Sarà stato uno di quelli il fratello di Plaskovìtis? Però nessuno gli assomigliava. Erano esemplari di «sottoni incel»? Ci ero andato in fissa...

Silenzio e aria condizionata. Per alcuni minuti. Finché all'improvviso non parlò il tizio sulla seconda poltrona.

«Ok, ce l'ho!»

«Sì?» chiese aggressivo quello di fronte con la pallina.

«Uova fritte su un carro armato, a Tobruq.»

«Pff...» sbuffò l'altro.

«Sì sì sì!» fece in contemporanea quello alla scrivania con la bocca piena di briciole verdi.

«Non c'entra niente! *Nowhere near*!» gridò quello di fronte.

«Perché?» chiese quello che aveva parlato delle uova.

«Perché lo so qual è il *footage* che dici, è conosciuto...»

«Appunto, superconosciuto! Per questo è iconico. È un mito!»

«Iconico un bel cazzo! Prima di tutto i video che dici tu, bello, sono del '41, quindi NON sono a Tobruq, i tedeschi nel '41 NON si trovano a Tobruq. Cioè saranno stati al massimo a Bengasi. Più là, NON ESISTE.»

«E cosa camb...»

«Non mi interrom-*pere*!»

«Non lo interrom-*pere*!» ripeté quello alla scrivania, lanciando la sua penna a quello che aveva parlato delle uova.

Risero tutti e tre.

«Inoltre», continuò quello con la pallina, «ANCHE gli inglesi hanno video di uova fritte sui tank. TUTTI facevano video di uova fritte sui tank in quel momento. Quindi non è un mito: è una moda. Sono ricette di cucina con le uova. E a te questa roba piace perché sei un metrosexual di merda.»

«Ahahahahah!» sbraitò quello alla scrivania e digitò qualcosa sulla tastiera.

Da una cassa all'altro lato della stanza provenne uno stacchetto musicale, un ritornello dei Pet Shop Boys, forse da *It's a Sin*. Risero di nuovo tutti e tre. Faceva freddo lì dentro. Ma con le loro cazzate avevo iniziato a rilassarmi.

Comunque di certo nessuno era lì per il colloquio. Lo stacchetto finì dopo cinque secondi.

«Ma se proprio vuoi parlarmi di Nordafrica, almeno tirami fuori "i Desert Boots degli inglesi", i Clarks! Quelli sì che sono un simbolo. Un mito.»

«Occhei, occhei...» disse quello delle uova.

«Oppure Rommel», disse quello alla scrivania. «Rommel stesso, come figura, di per sé.»

«Giusto», dissero gli altri due all'unisono.

Ci fu un attimo di silenzio. Nessuno mi aveva ancora rivolto la parola né mi aveva guardato.

«La bandiera giapponese, quella con i raggi», disse il coglione delle uova. «Un classico mito della seconda guerra mondiale.»

«Yep. Un mito», disse quello alla scrivania e guardò lo schermo. «Quindi abbiamo: il discorso di Churchill, le BMW con il sidecar, la coperta sulle ginocchia di Roosevelt, i cecchini russi a Stalingrado, i kamikaze con i Mitsubishi Zero, la scritta all'ingresso di Auschwitz, la giacca color senape di Goebbels...»

«Sì, questa è un po' una stronzata ma va bene», disse quello con la pallina, lanciandola dritta in alto. La pallina sfiorò il soffitto e ricadde dritta come un chiodo nelle sue mani.

«Gli stivali Clarks, Rommel-come-figura.»

«Come-figura-di-per-sé», completò Mister Uova.

«E la bandiera giapponese con i raggi.»

Ci fu di nuovo un attimo di silenzio. Guardai fuori verso il mare, le navi cisterna, il cielo. Poi verso il grande specchio di fronte a me.

«Gli Stuka», dissi.

Si girarono a guardarmi.

«Mi piace», disse quello con la pallina. «Conosciuti anche come Junkers Ju 87. Ma *perché*?»

«Perché avevano una sirena sotto il muso che non serviva a niente dal punto di vista meccanico, anzi quasi li rallentava e assordava pure il pilota. E nonostante questo stava lì perché chiunque la sentisse da terra durante l'attacco si paralizzava dalla paura, non riusciva neanche a stare in piedi. Era preso dal panico, gli si piegavano le ginocchia. Gli aumentavano talmente le pulsazioni che non riusciva a pensare normalmente. Quindi direi questo. Gli Stuka con la loro sirena.»

Mister Uova sorrise appena. Quello alla scrivania si grattò le basette corte. Il terzo appoggiò la pallina sul tavolino e guardò anche lui lo specchio. Da qualche parte nel muro provenne un suono come se si accendesse un piccolo altoparlante.

«Mandatemelo dentro», fece dall'altoparlante una voce grave.

11

Mister Uova si chiamava Dinos e fu lui ad accompagnarmi. Dietro la porta il corridoio continuava, solo un po' meno largo, perché da entrambi i lati c'erano scaffali e armadi, porte aperte su uffici dove ogni volta qualcuno con la faccia incollata a tre schermi sollevava leggermente lo sguardo per vederci passare, in tutto la scena si ripeté tre volte, poi una curva e dopo la curva un'altra porta. Dovevano avere tutto il piano per loro, quelli. Il corridoio continuava, ma Dinos mi indicò di restare alla porta, bussò, *toc toc*, la aprì e se ne andò seguendo la linea retta.

«No no no, riacchiappalo!» disse la voce all'altoparlante, questa volta da dentro la stanza e forse rivolgendosi a me.

«LA ROBA DI PERRAKIS È PARTITA?»

Dinos fece dietrofront. Mi oltrepassò con un sorriso «non ti preoccupare» e infilò la testa nella stanza.

«Non ancora», disse.

«E cosa aspettate?»

«La risposta del professore.»

«Quale professore?»

«Del suo professore di università a Londra. Perrakis nel '98 aveva pubblicato un articolo scientifico che proponeva l'educazione sessuale nelle scuole di tutti gli ordini e gradi, e aspettiamo la conferma del professore che aveva firm...»

«Sì sì, abbiamo detto che lo so. E bravo per aver scovato questa perla. Ma non ci serve nessuna risposta del professore né conferma né niente. Perrakis pagherà quello che gli diciamo sull'unghia. Ha la Chiesa dietro, lui, e senza la Chiesa non lo rieleggono neanche tra un millennio. Lo silurano diretto. E lo sai i soldi che prende dalle aziende di qui? Sessantamila non sono niente per quello lì.»

«Occhei.»

«Era questa la cifra no?»

«Sì.»

«Bene, diciamo settantamila. È un europarlamentare o no, merda?»

«Settantamila, *you got it*.»

Mi entravano da un orecchio e mi uscivano dall'altro. Era un riflesso, per non ascoltare cose che non avrei dovuto. Però qualcosa restava comunque impresso.

«A chi l'hai venduto?»

«A quei due in Belgio, i lobbisti che stanno dietro anche alla Athanasiàdou.»

«Sì sì sì, va bene, vai. Digli di entrare, al maschione.»

Al maschione?

«Va bene», disse Dinos e uscì di nuovo.

«MA NON GLI AVETE DATO DA COPRIRSI A QUESTO, ME LO LASCIATE PRENDERE FREDDO?» disse di nuovo la voce, e senza aspettare continuò: «Ma siete dei cazzoni... Lascia stare ho qui io un paio di Barbour. Vieni, vieni, signor Michalis Krokos.»

Dinos si allontanò sorridendo e io entrai nell'ufficio di Alèxandros Tsechlentìdis. Un ampio spazio diviso in due con un'immensa vetrata che dava sull'altro lato di Atene rispetto alla hall, a destra librerie piene di fascicoli e documenti, a sinistra un giradischi Technics silver, che forse arrivava a ventimila, un mobiletto basso con i vinili, una chitarra elettrica appoggiata dritta giusto di fianco e al centro un tavolo lungo e stretto tutto in acciaio e vetro. Dietro, Tsechlentìdis come lo conoscevo dalla televisione. Dalle trasmissioni trash dei primi tempi della crisi, poi dalla tribuna del Parlamento e più avanti da foto e video che circolavano ogni tanto. Era identico, con quella faccia da pokerista duro che bluffa una volta su due, gli occhi incavati e i capelli con la riga in mezzo, il mento quadrato e le vene gonfie sul collo e sulla fronte. Solo non sbarbato, e un po' più mingherlino di quel che sembrava sullo schermo. Emanava potere e brama di averne di più. Completo blu scuro un po' stretto, Converse bianche e maglietta dei Ramones nuova di zecca. Quella classica con i quattro nomi e l'aquila con la mazza da baseball. Mi sorrise, si alzò, aprì un armadio a muro e mi offrì un giubbetto imbottito con la cerniera dorata.

«Grazie, sono a posto», dissi.

«No, mettilo. L'aria è gelida», insisté, lasciandomelo in mano. «Non vogliamo che ti prendi qualcosa.»

Indossai il giubbetto senza chiuderlo, e in effetti aveva senso, perché faceva un cazzo di freddo terribile, e mi sedetti su una sedia di fronte alla scrivania.

«Preferisco l'Ymittòs», disse Tsechlentìdis. «Quella montagna ha una libido. Un che di selvaggio. Così, immediato, diretto. Blu granito.»

Non aveva torto. Questo era l'Ymittòs. Annuii confermando.

«Ho messo i ragazzi a ovest, lato bellezza, a restare incantati davanti al mare. Io sono montagna», disse, battendosi piano le ginocchia con i palmi delle mani.

Non dissi niente. Tsechlentìdis sorrideva a trentadue denti.

«Cosa bevi? Caffè? San Pellegrino? Qualcos'altro?» chiese indicando uno scaffale basso con una selezione di whiskey. Su quello sopra c'erano due grandi pile di documenti. Com'è che aveva detto la Charìtsi? Che ci vado giù duro negli sviluppi dell'intrigo ma poi, dice, mi stufo e non porto le cose a termine. Eh, sarebbe andata così anche stavolta. Il documento che salvava Rebecca sarà stato lì. L'avrei trovato facilmente, l'avrei fotografato col telefono e questa bella storia sarebbe finita così.

«No, graz...»

«Non mi dire "sono a posto", due volte non è divertente.»

«Occhei... un goccio con molto ghiaccio, se c'è.»

«C'è tutto.»

Chiamò qualcuno da un microfonino perché portasse del ghiaccio e arrivò una sconosciuta biondocastana di un metro e ottanta con una coppetta strabordante, Tsechlentìdis servì due Chivas e brindammo.

«Lo so che te la faresti», disse bisbigliando mentre la biondocastana si chiudeva la porta alle spalle. «Pallavolista», continuò facendo l'occhiolino, «figlia di un grande proprietario di alberghi della Messenia che mi deve un favore, stagista eccetera. Guardare e non toccare.»

Sorrisi come se fossimo migliori amici. Si sedette alla scrivania di fronte a me. Passò mezzo minuto. Aprii la bocca per rompere il silenzio, ero a un colloquio, in fondo, ma parlò prima lui.

«Non riconosco il mondo», disse bruscamente. «È questo il mio problema. Mi sveglio alle cinque di mattina e non so in che casa sono. Penso di essere dai miei, o nella mia casa da studente... mi ci vogliono cinque-dieci minuti per capire cosa succede, chi sono... Poi mi riaddormento e alle sette in punto stessa cosa, di nuovo. Solo che alle sette ormai c'è luce, quindi occhei, mi alzo. Ed esco. E continuo a non riconoscere il mondo. La città, i negozi, le abitudini... Non c'è più niente di vero, con un'anima. Ci hanno preso il mondo. Lo vedi o no?»

«Lo vedo», dissi. E lo vedevo davvero.

«E non ti sto parlando dei bar che sono tutti uguali, delle cannucce di carta che in due minuti si ammollano e delle playlist di sole cover remixate ovunque... Non ti sto parlando dei nostri compatrioti che non riescono più a dire una parola normalmente, senza diminutivo, non esistono più il bicchiere e la sigaretta, solo il bicchierino e la sigarettina e la partitina. E neanche posso stare tra i boomer sopra piazza Kolonaki, accanto all'enoteca, con qualche altro vecchio dal giubbotto senza maniche a dire "Ah, qui c'era il vecchio *Rock'n'Roll* e di fronte c'era il *Berlin*" e a grattarci le palle per sempre...»

Ma che stronzate mi stava dicendo? E io intanto ero lì ad ascoltarlo con indosso il giubbetto senza maniche che mi aveva dato.

«Gli anni Sessanta sono finiti per sempre», continuò,

«e *anche* i Settanta. Adesso stanno morendo gli Ottanta e i Novanta. L'utopia è diventata un atteggiamento, l'atteggiamento una piaga purulenta, la piaga purulenta si è fatta crisi e la crisi ha portato con sé tutta la merda che vedi in giro. Lo sfacelo di tutta la roba che ci piace, a me e a te. La *vera* anarchia, il *vero* punk... Siamo nati al crocevia, mister Krokos. Al varco. Il numero magico è millenovecentosettantatré. Il pianeta Rock ha la svolta hyppie, esce l'ultima perla degli Stones, *Angie*, e i suoi accordi sono il fischio finale della grande ricreazione. Mestizia e raccoglimento, capito? E poi...»

«Poi, finita la pacchia. E nell'ottobre del '73 ci arriva tra capo e collo la prima crisi petrolifera. Addio ricchezza e abbondanza. E addio anche alla *mystic revelation*», dissi.

«Esatto! ESATTO!» gridò Tsechlentìdis entusiasta. «*Così* è andata... E in Grecia tutto questo l'abbiamo capito dopo. Perché in Grecia, in ogni caso, tutto arriva dopo. Pensavamo che la transizione democratica sarebbero stati i nuovi *sixties*, con lo Stato a cullarci e a cantarci la ninna nanna, pensavamo che la magia sarebbe durata non-stop fino alla Seconda Venuta. Vacanze estive per sempre», disse e riempì di nuovo i bicchieri. «Ma questo non è possibile. Un bel giorno arriva il conto. E allora, per uscirne bene, quegli zombie della classe intellettuale hanno portato fin qui il postmoderno, l'hanno imbottito di *woke* e di *cancel* e di fracassaci le palle e così hanno pensato di essersi rimessi in sella. *Egemonia*, come prima. Di essersi rimessi in sella e di averci messo per sempre sotto i piedi. Eh no. No cari miei. Non ora, non qui. *Linea rossa*», bisbigliò con voce graffiata, e con una mossa da karate tracciò una linea invisibile sulla scrivania. «*Questo* è lo GNIE, caro Krokos. La linea rossa più potente che il Paese abbia mai visto. Qui dentro abbiamo i migliori. E non solo dentro. Gli esterni sono un intero esercito, a casa loro. La maggior parte neanche sanno di lavorare per noi, né hanno mai incontrato qualcuno del Gruppo. Ma li abbiamo esaminati e approvati scrupolosamente, a uno a uno. I ragazzi qui da noi... Loro sono... Come dire... Centurioni. Hanno un intero battaglione ciascuno. Caporegime! Ahah!... Lascia stare che li vedi così un po' sfigati, sono aquile, cervelli, talenti. Sono stati *loro* a farti un check questa notte nel giro di due ore e a dirmi che sei occhei, che sei a posto.»

Con quest'ultima frase, Tsechlentìdis cercò un libro in mezzo a una serie di documenti e lo appoggiò davanti a me. *Waves Will Rise*, prima edizione.

«Ce l'avevo!» disse. «È arrivato il momento di leggerlo. Dedica!»

Lo presi in mano. Pensai a tutte le volte in cui il mio editore, Petros Perdìkis, mi aveva obbligato a scrivere dediche a persone improbabili che non conoscevo. O, ancora peggio, che conoscevo. Tutte quelle frasette con un minimo di ritmo e nessunissimo senso per venti, venticinque copie di fila. Ma qui non me la potevo cavare così. E tra l'altro mi aveva servito su un piatto d'argento tutta quella storia sul '73. Presi una penna. «Ai formidabili ragazzi del '73 che si riprenderanno indietro il mondo, MK.» Il ragazzo del '73 sorrise.

«Sì. Va bene. Ma ci deve essere anche il mio nome da qualche parte», disse e lo appoggiò di nuovo davanti a me. «Allora, come ti sono sembrati?»

«Quelli che mi hanno fatto un check in due ore?»

Non reagì.

«Sì. Quello che fai qui l'ho già visto. Di sfuggita ma l'ho già visto», dissi. «Molto primi anni Novanta, o giù di lì, gente delle scuole private, feste nei quartieri nord, all'*Avana*, allo *Stop-Over*, all'*Agorà*, all'*Autokinesis*... Gruppi con una gerarchia che la vedi subito ma fai fatica a capire come si sia formata e cosa significhi. Il punto non era "ricchi-poveri" e neanche "ricchi-straricchi", non era così. Era una questione di codici molto specifici, che capivano solo loro, tra di loro, con un ingranaggio perfetto. Codici d'onore, di spacconeria e geografici incomprensibili dall'esterno... Cosa significa essere cresciuto a Kifissià, ma in un condominio, cosa significa essere stato in America a otto anni, prima di tutti gli altri del gruppo, e com'è che i ricconi erano belli per una questione eugenetica, erano i mister perfezione, erano i Ken, del tipo con la mamma Grace Kelly, mentre quelli appena meno ricchi, più teppistelli, erano più sexy perché sapevano guidare fin da piccoli. Se la sapevano cavare, sapevano sporcarsi, sapevano menare e ne sapevano di fica. Insomma alla fin fine sapevano comandare.»

Tsechlentìdis teneva il bicchiere davanti alla bocca e dietro sorrideva con gli occhi fissi nel vuoto.

«Mi piace», disse. «Eheh! Mi piace *molto*! Io non sono mai stato dei quartieri nord, sia chiaro, nato e cresciuto al Faliro... L'*Autokinesis* però lo metterei a un altro livello: dagli anni Novanta in poi lì dentro c'erano anche Neo Iràklio, Nea Ionìa... Chaidàri... Era un miscuglio. L'*Agorà* sì, *certo*. La sagra dei perbenino doc. C'era da sfregarsi le mani. E insomma tu dici *che*? Che i ragazzi qua sono quelli di Ano Kifissià che sono andati in America a otto anni, ma che non...»

«Che tu vuoi svegliarti e riconoscere il mondo.»

Mi guardò attentamente. Gli detti di nuovo il libro.

«Così è a posto», dissi.

«Tienilo e pensaci su», rispose con la voce calma di uno che sa comandare.

12

Uscii per strada dieci chili più leggero. Era finita anche la Mezza Maratona Roller, a posto.

Dinos mi aveva portato nell'ufficio di Arghiris, di «Argy», quello con la pallina da baseball, che mi aveva dato «il mio primo *task*»: far girare sulle reti greche una curiosa storiella secondo la quale nell'università di un posto in Canada le matricole, appena ci mettevano piede, erano costrette a dichiarare un qualche MeToo per potersi iscrivere alle facoltà di Scienze sociali. Erano costrette a dichiarare di essere state vittime di maltrattamenti da parte di una persona o di una struttura, a provare a ricordarsi chi era e a denunciare il loro carnefice facendone il nome, perché siamo tutti per definizione vittime di qualcuno a questo mondo. Chi dice che «non è successo» o che «non è stato» vittima dice bugie, e chi lo ammette ma non vuole denunciare pubblicamente finisce per ostacolare il processo collettivo di liberazione, e cose simili che non erano mai successe in nessuna università in Canada, tutto fake dall'inizio alla fine per far inorridire la gente che avrebbe detto merda, ma guarda dove siamo arrivati con tutta questa storia del MeToo. Quando gli chiesi dove cazzo avrei «fatto girare» quella roba, da dove e come sarei entrato, mi rispose «*no stress*» e che dovevo solo tornare a casa e aprire il pc. «La prenderemo da lì.»

In quel momento però non ci pensavo. Ero tornato alla realtà di viale Vasilìssis Sofias con il traffico e il rumore e i trentaquattro gradi, con in mano il giubbetto che mi avevano detto di tenere, che era mio adesso, e il mio libro con la dedica. Ero orgoglioso di essermela cavata lì dentro e contemporaneamente inorridito per la stessa ragione. C'era qualcosa che non andava per niente a questo mondo, ma io avevo scoperto un'improbabile miniera d'oro e il mio prossimo romanzo, di qualunque cosa parlasse, fosse anche di ricette a base di uova cucinate sui tank, sarebbe stato il libro del decennio. Il come sarei riuscito a farlo in quel momento non aveva nessuna importanza. Ci sarei riuscito. Ero tornato. Solo questo contava. Ero ben saldo sulle mie gambe. Sporco, nudo e crudo, qui e ora.

Diverse chiamate senza risposta di Manos e una da un numero sconosciuto. Quanto tempo ero rimasto con quelli dello GNIE? Più di due ore. Andai all'edicola a prendere una bottiglietta d'acqua. Accanto all'edicola un tipo con una pettorina rossa vendeva il giornale di strada «Molo», che supportava i senzatetto. Non lo prendevo quasi mai anche se sapevo che era fatto bene. Ogni volta dicevo «Sarà per un'altra». Gli andai incontro, proprio come se questa fosse la famosa altra volta, e mentre ero a tre metri e lui già cominciava a sorridermi, vidi alle sue spalle la procuratrice, la Charìtsi, che girava l'angolo. E questo che senso aveva adesso? Quasi mi nascosi dietro al venditore perché non si accorgesse di me. La Charìtsi arrivava da destra, io feci un movimento verso sinistra attorno al tizio e intanto gli chiesi a bassa voce: «Quanto viene?», lui mi guardò con sospetto e mi rispose sempre a bassa a voce: «Cosa? No, io vendo solo il giornale», «Sì sì, quanto viene?» dissi di nuovo, «Quattro», disse lui, gli diedi in fretta un biglietto da dieci, presi due numeri e continuai sulla sinistra seguendo la procuratrice che camminava a passo svelto. Andava verso l'ingresso principale della *Giant*, dove ero io pochi minuti prima. Non indossava il tailleur. E aveva i capelli legati in una coda, ma non aveva lo chignon come l'altroieri – quando era stata a casa mia? – una coda bassa e meno stretta. Bermuda corti, maglietta attillata... Niente a che vedere. Arrivò davanti all'ingresso. Da lì uscì la pallavolista. I capelli ricci le splendevano al sole. La Charìtsi si fermò un attimo, si dissero qualcosa, guardò il cellulare, girò la testa di profilo e la inclinò da un lato come se stesse riflettendo a qualcosa. La guardai meglio. Non era la Charìtsi. Non era lei. Ma le somigliava molto, moltissimo. Andarono verso l'ingresso e prima entrò la quasi Charìtsi, poi la pallavolista. Un attimo prima di entrare, si guardò intorno. I nostri sguardi si incrociarono per una frazione di secondo, alzai la testa come se stessi ammirando il grattacielo. Perché non aprire un numero di «Molo» e far finta di leggere? Sarebbe sembrato molto più normale. Perché non voltarmi dal lato opposto, verso l'edicola, verso l'Alpha Bank eccetera? Invece no, alzai la testa e guardai il grattacielo.

13

«Signor Jenkins, cosa successe il giorno dopo?»

«Sono arrivato presto, alle 10.45, sono salito nell'attico... Lì sono stato informato da Amber che il giorno prima aveva litigato con Johnny... Che aveva lanciato alcuni dei suoi oggetti personali fuori dal balcone, per strada.»

«Quando dice "oggetti personali" cosa intende?»

«Il cellulare, il portafoglio... Carte di credito, passaporto... Quello che c'era dentro al portafoglio.»

«Poi cosa ha fatto?»

Lo schermo del mio computer era fuori controllo. Fondo nero, finestre bianche che si aprivano all'improvviso contro la mia volontà con due, tre, cinque conversazioni allo stesso tempo: a chi stessi scrivendo, a chi rispondendo, cosa succedesse esattamente era un mistero. Vedevo solo svolgersi una conversazione in ogni finestra e, nella parte bassa dello schermo, una barra che mi forniva in tempo reale frasi con dati e parole chiave, che mi diceva «parla con quello», «no quello chiudilo, fanculo», in ogni conversazione apparivo con uno pseudonimo diverso che non avevo scelto, da «Churchill» e «Freedom Fighter» fino a «Trolletario», «Swag Lord» e «MiTiFotto», e io mi limitavo a scrivere, a scrivere in fretta, a riempire di «contenuto» come mi aveva detto quell'altro, con esagerazioni, battute secche e irritanti, contraddizioni, insulti, minacce, statistiche fasulle, violenza, a buttare una tensione e una violenza pazzesca su degli sconosciuti, su uno o più, a volte con immagini che mi venivano in mente, che aggiungevo io perché l'odio della frase passasse da novantanove a cento, persone vere, che conoscevo, persone del mio passato che mi avevano fatto qualcosa e non l'avevano mai pagata, e mentre digitavo le mie mani, solo ed esclusivamente per quell'infimo attimo, parevano fosforescenti, perfette, nessun vecchio segno, né una ruga, marmoree, con le vene verdi, belle, gonfie.

Allo stesso tempo bevevo pian piano un Haig dietro l'altro e continuavo ad ascoltare il processo di Depp dal cellulare. L'avevo appoggiato di fianco a me, dritto contro la bottiglia di whiskey in stile radiolina, dal momento che il mio pc hackerato da uno sconosciuto seguace dello GNIE si era trasformato in una sorta di bancomat dove erano possibili solo tre operazioni.

«La signora Heard le ha detto qualcos'altro di quell'alterco?»

«No, solo che avevano litigato.»

«E quando le ha detto che aveva gettato dal balcone gli oggetti personali del signor Depp, lei cosa ha fatto?»

«Con il signor Norm dell'ufficio ci siamo organizzati per attivare la geolocalizzazione del cellulare tramite GPS e andare in giro per provare a cercarlo.»

«E alla fine l'avete trovato il cellulare del signor Depp?»

«Certo. A Skid Row, a circa sei miglia da casa.»

La vicina di fronte portava di nuovo la mascherina a fiori e sprimacciava i cuscini del divano perché non paressero schiacciati, le cicale fuori a tutto volume anche se erano le nove passate, e io scrivevo a qualcuno «visto che siamo tutti vittime anche io sono una tua vittima, giusto?» «vittima, vittima, vittima, dillo mille volte, dacci dentro, sono una vittima, aiuto! Sono una vittimaaaa!» e «e questo solo in Canada, gente! E se non vi piace prego, c'è sempre la Corea del Nord!» cosa che non aveva nessun senso, ma il tipo che mi scriveva nella barra sulla parte bassa dello schermo fu preso dall'entusiasmo e mi mandò l'emoticon con l'applauso e poi quello con la medaglia d'oro. Bevvi.

«E chi ce l'aveva il cellulare, signor Jenkins?»

«Un signore che era... Un signore senzatetto... Andai a parlargli per il telefono... Era un uomo onesto...»

Sentivo una certa stanchezza e l'alcol cominciava a fare effetto. Mi si chiudevano gli occhi. Dentro di me dicevo «bla bla bla bla bla» per quello che ascoltavo, per quello che leggevo e per quello che scrivevo e pian piano diventava tutto la stessa brodaglia densa. Squillò il telefono. Volevo che fosse la Charìtsi, che mi dicesse un paio di cose: dove avrei trovato il documento, se era tutto a posto con Rebecca, che almeno desse un segno di vita insomma, ma era di nuovo Manos. Non risposi. Ci eravamo già sentiti due volte, gli avevo detto tutto. Era abbastanza. Mi si chiudevano gli occhi. Mi si chiudevano. Le cicale si erano un po' calmate. Il caldo, sempre lì. Gli avevo detto tutto tranne della pallavolista, non so perché... Bevvi un altro sorso. Abbassai lo schermo del pc, presi il telefono e mi sdraiai sul divano. Lo incollai all'orecchio.

«Ve lo ha restituito?»

«Sì. Gli ho dato una ricompensa.»

«Che cos'era la ricompensa?»

«Quattrocentoventi dollari, due tacos al pollo, patatine, mele e una bottiglia di Fiji Water.»

«Ci dica cosa è successo dopo.»

Fiji Water? Cos'era? Mi stavo addormentando. Casa mia era un casino… Libri ovunque, documenti, fazzoletti… Dovevo mettere in ordine… Tutte quelle lattine di birra in giro… Almeno i vestiti… Avevo chiuso gli occhi. Un giorno sarei andato anche io in Canada, in quell'università, nei boschi, ai Grandi laghi… Un giorno avremmo bevuto tutti Fiji Water cristallina sulle rive del Grande lago.

Mi addormentai. Di un sonno molto profondo. Di una profondità che non conoscevo affatto. E a un certo punto, ore dopo, nel pieno della notte buia, suonò come un allarme il citofono.

14

Sollevai un po' la testa. Aspettai. Suonò di nuovo. Con insistenza. Si staccò dal citofono dopo vari minuti. Ma che cazzo... Andai a rispondere.

«Sì?»

«GNIE. Scendi.»

A casa mia? Direttamente? E cos'altro? Dovevo scendere per forza, adesso? Suonò di nuovo, tre volte, a lungo. Il gatto della Lambrinoù miagolava a scatti. Un unico, strano pensiero, in quel momento: se non scendevo io, sarebbero saliti loro.

«Scendo.»

Mi infilai le scarpe, mi buttai un po' d'acqua in faccia e sui capelli e uscii. In ascensore controllai il cellulare. Batteria al quattordici per cento e un messaggio vocale di Manos, forse per la chiamata a cui non avevo risposto. Lungo più di un minuto. Lui e la sua parlantina, cristo... L'avrei ascoltato dopo. Perché adesso ero giù all'ingresso e dietro al vetro mi guardava sorridendo il terzo dei tre, Loukàs, quello che ieri era seduto dietro al computer e che mi era sembrato il più sveglio di tutti. Nella semioscurità della strada sembrava una iena con le orecchie rotonde. Camicia bianca *slim fit*, maniche arrotolate e una bottiglia di vodka molto cara in mano. Aprii.

«Che succede?» chiesi bruscamente.

«Che si dice, Kroket? Pronto per un giro?»

«Ma quale giro? Stavo dormendo...»

«Io ti vedo sveglissimo. Su, dai, andiamo.»

«Dove?»

«A festeggiare. Non solo sei stato assunto, hai già ottenuto una promozione», disse e si incamminò verso una Audi S5 nera con i vetri fumé che aspettava con le doppie frecce in mezzo a via Tsimiskì. Lo seguii a passo lento.

«La macchina nuova non serviva, comunque», dissi.

«Eheheh!» fece esagerando un po', perché forse la macchina era sua. «Questo lo sappiamo, visto che hai una super macchina, caro Kroket.»

«Un'ora al massimo, Loukàs. Sono a pezzi.»

«Ma sì certo, caro mio», disse. «Andiamo fino alla spiaggia a vedere i satelliti di Elon Musk che stanotte passano sopra all'Attica, beviamo una cosa e ti riportiamo a casa.»

«Quali satell...»

«Ragazzi, Michalis Krokos», disse, aprendomi la portiera anteriore. «Michalis Krokos, i ragazzi.»

Sul sedile dietro c'erano due persone. Pochi anni prima avrei detto subito «Alba Dorata». Adesso, vai a capire. Di sicuro malavita, anime nere. Nerissime. Security, stadi, forze speciali, cose così. E di certo NIENTE a che vedere con Argy e Dinos e l'ambiente da terza media lassù alla *Giant*. Non dissero niente, uno fece solo un leggero cenno con la testa, l'altro guardava il cellulare, magliette nere, braccia come cosce, sguardi malati impregnati di tensione e un tatuaggio con un elmo corinzio in fiamme che notai di sfuggita su un collo. Ma io mi sarei seduto davanti, con infinito spazio per le gambe e uno shot per bere vodka Beluga con il mio amico Loukàs. Per mezzo secondo pensai ai poster del *Padrino* nell'ufficio, e che avrebbero potuto ammazzarmi come il genero di Mike Corleone che picchiava la moglie e aveva tradito Sonny, strangolamento con il fil di ferro dal sedile dietro. Ma perché fare tutto quel casino? E soprattutto perché avrebbero dovuto ammazzarmi? Perché io li vedevo così? Perché ragionavo per stereotipi? Impara a non giudicare la gente, Krokos, rilassati.

La Audi si mise in moto silenziosamente, con l'aria condizionata e la musica techno a basso volume. Girò in via Komninòn e poi subito in via Ippokràtous. Era l'una del mattino ma fuori strabordava di gente. All'altezza di via Eressoù una folla saliva verso il *Casa Bianca*, più sotto, in via Valtetsìou, gruppi e coppiette in mezzo alla strada.

«Bello il tuo quartiere eh», disse Loukàs. «Metto sotto qualcuno? Non so come fai a non uscire di casa con la mazza da baseball, sai.»

«È che preferisco il tennis.»

Loukàs rise di gusto, risero anche quelli dietro.

«Vabbè, le tue battute in chat... Cosa dire...» fece. «Io ti prendo nella *mia* squadra e basta, bello mio! Tsechlentìdis ti ha adorato, te lo dico. Voglio dire, sei entrato *diretto*! E vedrai che il prossimo *task* sarà MOLTO *creative*.»

«Sì ma prima dovrò dormire. Cos'è il prossimo *task*?»

«Ora ti dico, ora ti dico...» mormorò come in loop e

svoltò con troppo impeto su via Akadimìas. Se non era imbottito di coca, allora nessuno aveva mai preso coca in vita sua.

«Kalìsta», disse all'improvviso il tizio seduto dietro a Loukàs. Voce dura e cupa.

«Sì, tu adesso ci devi dire chi è che se la fa lì dentro Kalìsta», disse l'altro dietro di me. «O ve lo menate tutto il giorno? Eheheh!»

«Eheheh.»

Non chiedevano a me. Forse. Continuavano un discorso di prima.

«Oh, ma piantatela con Kalìsta, cosa vi è preso? L'avete vista solo *una volta*.»

«No bello, non *una* volta, non *una* sola, io l'ho portata in giro tre volte e due era in aeroporto», disse uno.

«Senti, se ti blocca tanto l'idea del padre, a me invece no», fece l'altro. «Dammela qua che te la sistemo io e te la porto pronta. Ahahah!»

«Ahahah!»

«L'hai vista in ufficio», mi disse Loukàs.

«La pallavolista?»

«Ah ecco. Allora?»

«Non ho fatto in tempo a guardarla. Però sì, convince.»

«Kalìsta Patriarchèa, la-figlia-di-Patriarchèas. Vecchio collaboratore del Grande, dei primissimi anni. Stiamo parlando dei più grandi resort sulla costa tra Filiatrà e Koroni. Lui la Riviera Messenica se l'è proprio inventata. Lista clienti, ciao: Austria, Germania, Israele... Ma anche ogni altro lavoro che puoi immaginare. Dalle droghe alla protezione a tutti i giochi d'azzardo che vuoi... Un player incredibile, controlla mezza provincia. Con un *lato oscuro*, anche. Un pervertito. Feste proibite, sadomaso, cose così. E noi da un mese abbiamo sua figlia. *Stai bene attento* ora: mezza americana, pallavolista, brava ragazza, Scienze politiche a Stanford... "Stacey" le chiamiamo quelle così. Non ce n'è uno del Gruppo che non ci rimanga, davanti a quel culo perfetto...» disse mentre entravamo in viale Syggroù. «Ah invece sì, Dinos ci ha provato!» continuò a voce più alta perché gli altri sentissero.

«E?» chiesero da dietro.

«E cosa? Quello va avanti a Xanax.»

«Ahahahahah!»

«Lo scrittore se la scoperà, stronzi!» disse la voce dura.

Feci il segno della vittoria. In condizioni normali mi sarei girato a guardare, ma quelli facevano davvero paura.

«*Prenditi quello / quello di Kifissià / e mangerai bene / coi soldi di papà!*» gridò l'altro. «*Mettilo!* Metti *Ghiorgos Mazonakis*!»

«No, metti "Madame", stronzo!»

«No, GHIORGOS! GHIORGOS abbiamo detto!»

Loukàs sorrise e mise il pezzo di Mazonakis, *tutto bene/ finché non sei arrivata tu / con quel vestito Gucci / e io non resisto più / con il ritmo che ti muove il corpo / e io non resisto* eccetera. Viale Syggroù era quasi vuoto. Scorreva a meraviglia. Bevvi la vodka.

«Tu la conosci?» gli chiesi.

«Kalìsta? No. Ma di sicuro è più *smart* di quello che ci lascia intendere. *Sto bene attento*, Kroket. La tengo a distanza.»

La tieni a distanza eh, poverino? Se mi chiami di nuovo Kroket ti spacco la faccia sul volante della tua Audi di merda. Bevvi di nuovo. La vodka era divina, scendeva giù come un ruscello di luce. «IO SONO UN FIGLIO / DELL'ATTICA OVEST», urlavano i bicipiti dietro, al ritmo della canzone. Dove stavo andando? Dove mi trovavo e perché?

Alla fine del rettilineo continuammo in direzione della litoranea. Il pezzo di Mazonakis era finito ed eravamo tornati alla techno a basso volume, quelli dietro l'avevano finita di gridare e io e Loukàs chiacchieravamo a tu per tu. Parlava forte muovendo molto la bocca, da bravo sniffatore, e mi spiegava l'onnipotenza dell'alt-right, della «nuova destra». Di come avesse assorbito tutti i cervelli migliori del mondo civilizzato, i più selvaggi e i più radicali, i più avanti. Tutti i delusi dei movimenti sociali che cercavano un nuovo senso della vita, i battaglieri del web, gli hacker, gli ex di *Vice*, gli anonymous, gli antifa, i filosofi anarchici dell'Essex… Parlava, parlava, e io mi chiedevo se un mio amico hacker che non vedevo da anni fosse passato anche lui dall'altra parte, e poi cercavo di seguire tutti i nomi e le organizzazioni e le comunità digitali che sparava Loukàs a macchinetta, provando a inserirli nelle mie frasi, nella mia testa, per essere l'eroe del libro che si stava scrivendo in diretta, ma la mia testa girava già come una trottola per la vodka e la techno ininterrotta e l'aria condizionata della macchina. Che fissa avevano quegli stronzi con l'aria condizionata a palla?

«C'è questo terreno fertile in Grecia?» gli chiesi. «Perché io vedo solo tristezza su facebook, MasterChef, e nei locali *bimbo* e capitribù. E traffico di organi, che so.»

«Di sicuro non c'è su facebook-aka-la-casalinga-sul-divano. Vai altrove. Vai su Gab e vedrai. Ma bisogna cercare...»

«Sì, ma esiste davvero la gente di cui parli?»

«Se esiste? Non te lo immagini.»

«Dove?»

«Il tuo predecessore, il *begin with*. Nikolas. Geniale a tutti i livelli. Non ho mai visto una persona che sa così tante cose, enciclopedie intere a memoria. Ed era veloce. MOLTO veloce, tutto *al fly*, mica cazzi, QI duecento. Poteva stare in dodici, quindici chat allo stesso tempo e farlo bene. Era passato attraverso qualunque fase, tutte le teorie, tutti i decenni, tutte le situazioni... Sapeva colpire subito dove fa male, mirava forte e dritto al punto, inventava frasi e concetti tanto perfetti che li ritwittavano mille volte mica i nostri, gli avversari. Svuotava del tutto di significato il loro vocabolario: "agenti infiltrati", "provocazione", "intimidazione", "manifesto"... usandolo di continuo e per qualunque cosa. Un mago dell'algoritmo. E reclutava come un matto. Ne portava a decine, dai forum.»

«Di sottoni incel?»

«Ah, *bravo*! Allora *ne sai.* Non sei un boomer fatto e finito.»

«Ne ho sentito parlare... Dove l'avete trovato?»

«Ci ha trovato lui. Non gli interessava vincere. Non era ideologico. I migliori copywriter sono quelli che non ci credono – come te.»

Questo me lo segnai. Non dissi niente. Non reagii. E poi con quel gelo che arrivava dai sedili dietro.... Bevvi altra vodka, un bel sorso.

«Un giorno mentre stavamo parlando del nostro trionfo ovunque e a tutti i livelli, della nostra predominanza ideologica», continuò Loukàs, «mi disse "Non siamo più a quel punto, Loukàs carissimo", così parlava. "In questo momento stiamo provando a limitare la portata della nostra vittoria", gli chiedo perché e mi dice "Affinché l'avversario non sappia niente di noi" cose così.»

Cadde il silenzio.

«E cosa lo interessava?» chiesi. «I soldi?»

«Neanche quelli. Non l'ho mai capito, ti dirò. Con noi si trovava bene, è tutto.»

«Finché?»

«Finché se n'è andato. Da un giorno all'altro. È sparito. E siamo rimasti con il nome "Nikolas" e tanti altri dati che erano tutti falsi, un indirizzo mail scaduto, cose così... E adesso lo cerchiamo. Perché non si sparisce *così* dallo GNIE. Il Grande ti terrà finché non troviamo Nikolas, sappilo.»

«Eh? Aspetta io sapevo che il lavoro era per due settimane al massimo.»

Sorrise e non disse niente.

Eravamo arrivati a Glyfada. Si mise sulla corsia di destra e si fermò a un benzinaio con un bar *Grigoris*. Scendemmo.

«Mangiamo qualcosa», disse Loukàs. «E poi andiamo a vedere i satelliti.»

«Di Musk.»

«Sì. Passano tra quaranta minuti, e vogliamo il buio. Cosa vuoi?»

«Che ne so... Una pita prosciutto e formaggio.»

Entrarono tutti a prendere qualcosa. Io rimasi indietro. Vidi infine anche gli altri due in piedi. Camminavano grattandosi le spalle e la nuca. Bestie. Cento chili di creatina ciascuno. Gli Hell's Angels di terza categoria del mio nuovo romanzo. Uno rimase per un po' fuori dal *Grigoris*, accanto al rider che aspettava gli ordini, lato strada. Come se mi sorvegliasse. Ore una e quaranta, batteria al sette per cento. Ah sì, il messaggio di Manos. Andai un po' più in là, giusto di fronte a un *Ocean Hotel* con una statua gigantesca di Poseidone dentro a una fontana illuminata davanti all'ingresso, e lo ascoltai.

«Oh Mike, sono in via Jean Moréas fuori da quel locale coi travestiti, il cabaret, come si chiama, il *Mannequin*, sì, sono fuori dal *Mannequin*... e proprio in questo momento vedo la tua amica trans da lontano, Rebecca... sì, *sicuro*, è lei al cento per cento... è la tua amica Rebecca come me la ricordo, in compagnia di altre tre persone, e stanno entrando nel locale. Come se niente fosse. Te lo dico perché mi dicevi che pare non si faccia trovare in giro perché dice che la cercano e...»

Stava arrivando Loukàs. E dietro gli altri. Michalaki, tranquillo. È tutto a posto. Stai calmo. Devi solo sfangartela da questa situazione Audi & satelliti di Musk e andare da qualche parte a ripigliarti e capire cosa sta succedendo. Senza metterti a correre, nessuna mossa azzardata, entri dentro e dopo un po' gli dici che non ce la fai più e vuoi andare a dormire. E ti ci porteranno. Perché non dovrebbero? E se loro vogliono continuare, tu prendi un taxi e via. Tutto a posto.

«Che succede? Ti chiamano a quest'ora le ragazze?» mi chiese con un sorriso passandomi la mia pita. «Vieni, siamo in ritardo. Mangiamo in macchina.»

15

Il cielo della notte era tersissimo e noi sfrecciavamo sulla litoranea in direzione di Voùla masticando pite sfogliate.

«Senti, allora, il prossimo *task* è roba grossa», disse Loukàs. «Dietro ci sono soldi veri. Non sono in tanti a saperlo: c'è il progetto di spostare il porto dal Pireo a Làvrio-Rafìna, ci siamo? Cioè al Pireo resterebbero solo i mercantili e le navi da crociera. E forse forse qualche tratta per le isole del Golfo Argosaronico. Tutto il resto via, a Làvrio. È chiaro?»

«Sì», dissi meccanicamente.

Magari non era lei. Magari non era Rebecca e Manos si stava sbagliando, era una che le somigliava. Sono cose che succedono. Eh sì diamine, era successo anche a me poche ore prima con la procuratrice, davanti alla *Giant*. Però aveva detto «al cento per cento», lo stronzo. «Al cento per cento» e «come se niente fosse». E se era davvero lei? Cosa voleva dire? Che non la stavano cercando, ecco cosa.

«Per questo stanno sistemando la zona del fiume a Rafìna, per farci arrivare il treno suburbano. Così sono arrivati ecologisti e froci vari a strillare… Sarà una grande opera, un'opera immensa, la sta spingendo la *Cosco*, la stanno spingendo le compagnie delle crociere per farsi tutto il porto principale per loro, e adesso vuole spingerla anche il *real estate*. Così la zona del Pireo sarebbe rivoluzionata. Hotel a cinque stelle sulla Riva di Poseidone, discoteche a tre piani, casinò, gallerie d'arte, grandi firme... Mettici anche un Apple Store sulla Riva Zelepi, di ogni. Mi segui?»

«Sì.»

La risposta ce l'aveva di sicuro la Charìtsi, che mi aveva scelto per i miei romanzi, si suppone. «Ho letto i suoi ultimi due libri», non aveva detto così? Dovevo trovarla. Mi aveva ficcato in una situazione molto, MOLTO strana... «Le darò indicazioni»... Sì, sì, come no, e invece ecco che mi teneva sulle spine, con il suo non-mi-contatti-la-contatto-io. Dovevo trovarla, d'accordo, ma dove? Bevvi un po' di Beluga e cercai di concentrarmi sulle cazzate che mi raccontava Loukàs.

«Qui non sono le chat che vogliamo», continuò. «Qui vogliamo testi veri, che spacchino i culi. Ironici all'ennesima potenza. Offensivi. Del tipo "Il Pireo è finito per voi trogloditi", "Andate a Làvrio a caricare i vostri pacchi con le melanzane il formaggio e le capre, vi vogliamo vedere, quando i passeggeri *premium* saranno costretti a beccarsi tutto il vostro lerciume", "Suburbano a dodici euro o taxi a sessantacinque come in ogni Paese normale" eccetera. Ci siamo?»

«Sì sì. Ma cosa intendi per "testi veri"?»

«Intendo articoli.»

«Nel senso di articoli di opinione?»

«Esatto.»

«E come li farai girare?»

«Di questo mi occupo io, non ti riguarda. Su molti siti ci sono articolisti fake, con un nome, una foto, un avatar... Tutto a posto, *ready to go*. E il Grande ha accesso alla maggior parte dei profili, perché tiene un sacco di gente in pugno. Fascicoli interi di panni sporchi, ma *molto* sporchi, da cronaca rosa e simili. Più rossa che rosa. E quando non ha nessuno, c'è sempre qualche caporedattore che gli deve un favore e che pubblicherà l'articolo in forma anonima. In generale... in qualunque momento possiamo piazzare un articolo di opinione sul sito importante che ci pare e poi... OH CAZZO MA COSA FA QUELLO!»

All'altezza del vecchio istituto di previdenza sociale, un rider davanti a noi rallentò di colpo e fece inversione entrando nella corsia di senso opposto senza mettere la freccia, né la mano, né niente. Quello dietro di me a sinistra abbassò il vetro fumé, si attaccò al finestrino e cominciò a lanciare cristi e madonne.

«Gira, Luk! Dai! GIRA ADESSO! ANDIAMO!» urlò quello dietro a destra.

Loukàs sorrise e si morse il labbro inferiore, controllò gli specchietti, scalò le marce al volo, quarta, terza, seconda, schiacciò sui freni con tutto il suo peso e girò tutto a sinistra. La Audi si inclinò, arrivò alla seconda apertura nello spartitraffico salendo anche un po' sul marciapiede e sempre in seconda entrò di traverso nella corsia di senso opposto. E vai di terza, quarta e quinta, il motore muggiva, e in cinque secondi la Audi era arrivata a centosettanta nella corsia centrale e già vedevamo il rider con la borsa e il giubbotto azzurri avanzare in lontananza come fosse fermo. Premendo due pulsanti contemporaneamente aumentò il volume della musica e abbassò tutti i finestrini. Arrivammo a fianco del rider che procedeva sulla destra a bordo strada. Rallentammo e ci incollammo a lui di lato. Ce l'avevo accanto.

«Amico! Amico!» gli disse quello dietro a destra. «Amico, dimmi una cosa...»

Il rider si girò una volta a guardare indietro e poi si limitò a guardare dritto davanti a sé, raggelato. Pakistan, Bangladesh, qualcosa del genere.

«AMICO! IL GRECO LO PARLI?» gli gridò di nuovo quello dietro.

«Dai, ma a cosa serve adesso...» dissi in tono calmo a Loukàs.

«Stai tranquillo Kroket. Non ci pensare», mi rispose ad alta voce e fece un movimento brusco con il volante, destra-sinistra.

Il rider per poco non cadde. Ma restò in piedi.

«IL GRECO LO PARLI STRONZO?» urlò di nuovo quello dietro. «CI VUOI AMMAZZARE? TI STANNO PARLANDO! CI VUOI AMMAZZARE?»

«IL CASCO!» gli urlò quello dietro a sinistra, che adesso si era sporto tutto dal finestrino di destra anche lui.

«IL CASCO!» urlò anche Loukàs con il sorriso.

«IL CASCO PEZZO DI MERDA!» urlò allo stesso tempo quello dietro a destra. «DOV'È IL TUO CASCO? CE L'HAI NEL CULO? IL CASCO MADONNA!»

«CASCO! CASCO!» gli urlavano tutti insieme.

«UNA PROSCIUTTO E FUNGHI STRONZO!» urlò Loukàs avvicinandosi ancora di più.

Adesso lo toccavamo. La Audi accelerò un po' perché il rider fosse alla portata di quelli dietro. Uno dei gorilla fece per prendergli il braccio e il rider gli spinse via la mano. Di nuovo ci mancò poco che perdesse l'equilibrio. Si rimise dritto.

«MA COSA FAI!» urlò terrorizzato il rider. «NO TI ARRABBIARE NO TI ARRABBIARE!».

«COSA MI TOCCHI MERDA!» ululò quello dietro e tolse la sicura alla portiera.

La aprì per colpirlo. All'ultimo il rider salì sul marciapiede e lo evitò. Alla prima svolta girò a destra in una via in salita. In contromano, ma la strada era deserta.

«Né freccia né niente...» disse Loukàs e girò anche lui.

«LA FRECCIA STRONZO! LA FRECCIA! LA FRECCIA!» urlavano in coro quelli dietro.

Eravamo a Ellinikò, dove c'è il vecchio aeroporto, nella desolazione più totale. La gamba destra mi tremava.

«LASCIATELO STARE CAZZO MA COSA FATE?» urlai.

Loukàs alzò ancora il volume della musica.

Per seminarci il motorino andava a zig zag come un matto, ma a ogni rettilineo la Audi accelerava e lo raggiungeva, così, per ridere. A una doppia svolta a sinistra per poco non ci sfuggì, ma subito dopo sbucò dritto davanti a una recinzione, un posto con una quantità infinita di navi e barche abbandonate, uno spazio immenso, girò di nuovo a sinistra, entrò in diagonale in un piccolo parcheggio, proseguì sempre dritto sopra ai marciapiedi, sbucò a destra su un'altra strada centrale, il posto delle barche adesso era alla sua destra ma ormai non c'era più nessuna recinzione, la strada però era un rettilineo, un rettilineo infinito senza svolte, capì che era fottuto e fu preso dal panico, fece inversione a U, entrò nel posto delle barche, andò a sbattere contro un carrello portabarca metallico, perse il controllo e cadde pesantemente a terra.

Loukàs parcheggiò con mezza mano sul volante. Spense le luci, la musica. Nessun segno di vita da parte del rider. Si sentiva solo il fragore lontano della litoranea. I gorilla scesero. Uno aprì la mia portiera.

«Che c'è?» chiesi.

«Andiamo a vedere se lo stronzo ha bisogno di aiuto e poi via. Dai, andiamo», disse Loukàs.

Aveva gli occhi che luccicavano come biglie dentro la benzina. Scese. Scesi anche io. Avevano armi addosso? C'erano macchine in giro? Case? Telecamere? Niente. Poteva succedere di tutto.

Ci avvicinammo. Non si muoveva. Per niente. I gorilla gli si avvicinarono. Loukàs restò indietro. Io da qualche parte in mezzo, a dieci metri.

«Il rallysta è andato!» disse uno. «La testa.»

«CASCO stronzo, CASCO», urlò l'altro ridendo.

Ero stordito. Il giubbotto azzurro del rider totalmente immobile. Tutto intorno macerie, barche vuote e sopra di noi un faro abbagliante.

«Che dio lo perdoni», disse Loukàs. «Andiamo.»

Mi girai a guardarlo. Aveva tirato fuori il cellulare e stava riprendendo. Riprendeva noi tre e in mezzo il rider accanto allo scooter per terra.

«Souvenir», disse facendomi l'occhiolino. «È ora di andare, ragazzi. Fuori dal cazzo.»

I gorilla mi passarano accanto. Uno proseguì, l'altro si fermò un attimo.

«Dai Kroket, ripigliati. Andiamo», fece Loukàs.

«Dobbiamo portarlo...»

«Dove vuoi che lo portiamo, sei impazzito?»

«Si è aperto in due come un melone non vedi», disse quello a fianco. «Ne vuoi portare un po' a casa, ti faccio un tupperware?»

Rimasi ancora un po' lì con lo sguardo sul rider morto e con quell'altro impalato accanto a me. Poi feci dietrofront e mi diressi verso la Audi nera.

Sfrecciavamo lungo il grande rettilineo. Mi cadde l'occhio su un cartello «Via Konstandìnos Karamanlìs». Alla nostra sinistra il vecchio aeroporto con il cemento crepato e le erbacce, e a destra un parco, forse il campo da golf di Glyfada. In macchina parlavano delle cose da fare l'indomani come se non fosse successo niente. Io ero annichilito, ma non lo davo a vedere. In testa avevo il giubbotto azzurro. Dovevo scendere da quella macchina. Mandai giù l'ultimo sorso.

«Torniamo ad Atene», dissi.

«Cosa?» disse Loukàs. «E i satelliti? Passano tra un quarto d'ora, serve il buio. Torniamo in direzione della spiaggia e...»

«Non importa, un'altra volta. Lasciami qui, prendo un taxi.»

«Dove qui?»

«Qui all'angolo, dove sei.»

«Vabbè dai, aspetta almeno che ti porto fino a viale Vouliagmènis allora», disse. «Chiamo un Uber?»

«Lo troverò», dissi.

Mezzo minuto ed eravamo in viale Vouliagmènis. Aprii la portiera.

«Ah sì Kroket», fece Loukàs, «per poco non mi dimentico, questo è per te», disse a bassa voce e tirò fuori una busta dal portaoggetti. Presi la busta. «Benvenuto.»

Camminavo. Non pensavo a niente, camminavo e basta. Le strette vie parallele a Vouliagmènis emanavano ancora il caldo della giornata. Allo slargo che si apriva sul ponte, di fronte all'Istituto di Formazione Professionale AKMI, una grande edicola memoriale con una montagna di garofani. Il cantante Pandelìs Pandelìdis. Non pensavo. Ero concentrato sul nulla. Camminavo, muso in giù e sguardo dritto. Verso casa mia, che in quel momento non esisteva. Entrai nelle viuzze e continuai a salire parallelamente al viale. Cinquecento metri più avanti, un minimarket aperto, nel più assoluto isolamento. Sul muro accanto, una grande scritta con un nome cancellato e poi «DAI LA COCA AL TUO BASTARDO», una farmacia con la serranda abbassata e le luci della vetrina accese, e davanti alla serranda un senzatetto che pisciava sul vetro. Entrai nel minimarket. Acqua, pacchetto di Karelia gialle, accendino Bic bianco. Da quant'è che avevo smesso? «Smettete di fumare, continuate a vivere per i vostri cari.» Aprii la busta. Biglietti da cinquanta. Molti. Forse anche cento. Neanche uno nuovo di zecca. Il nero più nero. Pagai e uscii. Mi fermai fuori. Bevvi l'acqua, aprii il pacchetto e mi ficcai la sigaretta in bocca. Il senzatetto non stava pisciando, se lo stava proprio menando. Stava incollato alla vetrina e se lo menava guardando una pubblicità sulla cellulite. Un culo perfetto con una pelle satinata e mutandine di cotone a righe tirate un po' in su. Mi sedetti sul marciapiede e accesi la sigaretta.

«Mmh… mmh… mmh…» faceva il senzatetto.

Tutto era stato fatto per il video. O per la foto, quello che era. Cercavano una vittima. Il coglione era uscito a caccia con gli assassini, quelli veri, i professionisti, i commando, che figurati se va in giro con loro, a trovare un poveretto da fare fuori in sua presenza per di più… «Il Grande tiene un sacco di gente in pugno… Fascicoli interi di panni sporchi…»

«Mmh… mmh… mmh…»

Un file che mi potesse bruciare, dove mi si vedeva, dove apparivo nell'inquadratura. Questo è concorso in omicidio, Krokos, che ti piaccia o no. Ed è logico. Con tutto quello che mi stavano dicendo, con tutti i nomi che mi stavano facendo, le storie di soldi, il loro modus operandi… Ma quale «alt-right greca» e cazzate varie… Ri-cat-ti. Roba semplice. Come firmare un contratto. Altrimenti come diventare loro senza che ti trattengano? Così vanno queste cose. Ti hanno fottuto. E per giunta hanno ammazzato una persona.

«Mmh… mmh… mmrr…»

Però c'era qualcosa che non quadrava. Qualcosa non mi tornava. Spensi la sigaretta sull'asfalto, mi alzai. Il senzatetto era un po' più in là e si abbottonava i pantaloni.

«Amico», disse. Non c'era nessun altro nel raggio di un chilometro. «Puoi comprarmi qualcosa per favore?»

«Cosa vuoi?»

«Un tortino all'arancia. Quelli Sterghìou che hanno dentro. Sterghìou.»

Annuii. Entrai di nuovo, pensai di fargli la spesa, tanti tortini, sacchetti di patatine, tavolette di cioccolata, sigarette, alcol, pensai di dargli la metà dei contanti, di darglieli tutti, ma alla fine presi solo il tortino all'arancia Sterghìou che mi aveva chiesto, rimisi la busta nella tasca davanti dei jeans, finii l'acqua, camminai in direzione di viale Vouliagmènis, a due isolati da lì, alzai un braccio, la Octavia si fermò, mi sedetti davanti e dissi: «Centro, via Asklipioù». E dopo mezzo minuto: «No, Koukàki, parte bassa, via Jean Moréas».

16

Agli sgoccioli. In chiusura. Le ultime due o tre persone si attardavano fuori. «Mannequin» a lettere rosse su fondo nero. Drag queen nel castello semibuio. Angela, Aliki, Jenny, Melina... Tutte lì, in carne e ossa. Canto grave e tremulo, parrucche e risate, lacrime, strass e trucco a palate. Un vero rifugio per nottambuli di natura varia con camicie asimmetriche e basette sudate, attrazione per poser ed expat *very cool* assetati di «Atene».

Andai dal buttafuori, un pelato basso che mangiava un tramezzino. Gli chiesi se avesse visto Rebecca. A bocca piena mi indicò con la fronte una mora che si allontanava verso viale Syggroù, e mi fece un gesto con la mano a significare che forse le aveva viste insieme. Scesi rapido verso il viale. A tre metri la riconobbi. In città era una nota mistress. Ti menava e ti umiliava in cambio di un sacco di soldi. Ci avevano presentati di sfuggita un secolo fa a una festa al *Lay-Up*, il locale dark-gothic in piazza Amerikis, e un'amica psicanalista mi aveva detto che la metà dei suoi clienti parlavano solo di lei. Era escluso che si ricordasse di me.

«Anastasìa?»

Si girò. Inespressiva. Glaciale. Trucco in perfetto stile

Nefertiti, tutto in bianco e nero con la bocca color ciliegia. Non rispose.

«Cerco Rebecca. È una mia amica. Non sono uno sbirro...»

Sollevò impercettibilmente un sopracciglio, stile «evidentemente ho capito che non eri uno sbirro prima ancora che aprissi bocca» e continuò a guardarmi muta. Cazzo di mistress...

«Devi rispondermi, è importante...» dissi. «Era qui stasera? L'hai vista?»

Nessuna reazione. All'angolo con viale Syggroù la aspettava una Maserati con la portiera aperta e una persona davanti.

«Senti... Forse è in pericolo. DEVO trovarla e parlare con lei...» dissi e tirai fuori la busta. «Se vuoi soldi, ti posso...»

Mi rivolse lo sguardo più severo che ci sia. Occhi e bocca erano lame. Avevo visto cose più dure nelle ultime due ore, altrimenti mi sarei cagato addosso.

«Mi conosci», dissi. «Non ti ricorderai... Al *Lay-Up*, molti anni f...»

«O Rebecca è in pericolo, o ti conosco, o mi dai i soldi per dirti dov'è», disse con un bisbiglio penetrante. «Tutte e tre le cose insieme non è possibile.»

«Dimmi solo che l'hai vista. E che sta bene.»

«Sta benissimo.»

Non dissi niente. L'occhio di Anastasìa rimbalzò rapido sulla Maserati e poi tornò su di me.

«Al *Chancellor*, su viale Kifisìas. L'ha presa un cliente e sono andati via circa un'ora fa. Alto e con i baffi. Non so il numero della stanza, ma lui spesso la porta lì. E se ne va presto. Se è in pericolo, voglio saperlo», disse e mi diede il biglietto di un negozio di vestiti qualunque nel quartiere di Ghyzi. «Tu dici nome, numero, e ti chiamo io. Ti ci porterei ma ho una festina di compleanno. Stai attento Michalaki», disse e se ne andò senza attendere risposta.

Cosa avevo fatto di giusto o di sbagliato perché tutta quella bella gente mi conoscesse per nome?

Di nuovo un'Octavia. Una canzone di Nikos Xiloùris a palla, *Zavarakatranèmia*, con il tassista che accompagnava con voce energica ogni «alleluja» del ritornello. Scesi di fronte al *Chancellor*, sulla corsia diretta a nord. Secondo grattacielo in due giorni. In un giorno. Che ora era? Il cellulare era scarico. Forse le tre e mezza, forse le quattro.

Marmo smerigliato, lampade a muro dalla luce soffusa e arredamento anni Ottanta, in alto una serie di orologi con l'ora di Londra, New York, Kuala Lumpur, tripla reception con quindici metri di rivestimento in legno e un'unica persona in un angolo che andava e veniva dalla porta retrostante. In lontananza, una donna spazzava la moquette del corridoio. Mi sedetti su una delle poltrone davanti ai due ascensori, un po' di sbieco, per tenerli d'occhio. Comparve di nuovo il receptionist. Non mi chiese cosa volevo, fece solo un cenno per salutarmi, contraccambiai e feci finta di guardare il cellulare. Doveva essere uno scopatoio luxury lì dentro... Chissà per chi mi aveva preso quello lì adesso. Sparì di nuovo. I due ascensori presero a scendere contemporaneamente, da piani diversi. Dal primo uscirono due coppiette di turisti, tutti rossi, insaponati di fresco. Mi videro e mi saltarono addosso, dissero che il loro volo aveva fatto ritardo e mi chiesero se conoscevo un posto dove mangiare a quell'ora. Risposi che non lavoravo lì, insistettero ridendo, «Sì, ma l'ospitalità greca... forse conosce qualche taverna *very greek*, un posto speciale, *something special...*» diedi indicazioni per come arrivare a piedi al pronto soccorso dell'ospedale Henry Dunant, e mentre parlavo uscì dal secondo ascensore un tizio alto con i baffi, ci oltrepassò, lasciò qualcosa alla reception e uscì. Se ne andarono anche i turisti. Mi alzai in fretta per vedere se ci fosse qualche carta con il numero della stanza, ma sbucò di nuovo fuori il receptionist con altri due. Proseguii tranquillamente verso il corridoio come se niente fosse. Incrociai la donna delle pulizie. Due biglietti da cinquanta perché mi dicesse in che stanza era quello con i baffi. Non poteva dirmi niente, era vietato. Tre biglietti. Me lo disse. Entrai nell'ascensore, non mi guardai allo specchio per non vedere l'aspetto di quella notte, uscii al piano del baffone e andai verso la stanza. *Toc toc toc.* Un borbottio sul blasfemo andante, passi che si avvicinavano, la stessa voce più forte mentre girava la chiave. «Cosa hai dimenticato tesorino?»

«Mettiti i vestiti, Becky. Krokos.»

«COSA?» gridò in doppio falsetto.

Socchiuse la porta per vedere. Gridò di nuovo «COSA?», corse via a piccoli passi, tornò e spalancò la porta mettendosi un accappatoio. Lo strucco approssimativo non aveva eliminato del tutto il mascara che era colato sulle guance. Borse nere sotto gli occhi, ematomi da strangolamento freschi sul collo. E un enorme sorriso.

Erano passati anni, molti anni, ma la figura epica di Rebecca che conoscevo da una vita precedente, per quanto stanca, per quanto rovinata, non era per niente sbiadita. Era lei. La Amanda Lear di via Acharnòn, con i segni di una leva ventennale su tutti i fronti della provincia dell'Attica: cicatrici, rughe, bitorzoli, plastiche, il tutto avvolto nell'accappatoio blu con le quattro stelle dorate sotto alla scritta «Chancellor», perché non sei la regina dell'imperturbabilità in un posto qualunque.

«Michelino! Che succede, che ci fai qui? Abbiamo preso i soldi?»

«Quali soldi? Quelli di Tsechlentìdis?»

«Di chi?»

«Tsechlentìdis, GNIE... Quelli che ti danno la caccia per fregarti, per sbatterti dentro, e per cui mi hai mandato la Charìtsi.»

«Ma cosa ti ho mandato bello mio, chi è che mi mette dentro, sei impazzito? La *Charìtsi* ti cerca perché dice che prenderemo soldi da un processo in cui ha incastrato il *Lefty's*, e che tu sarai testimone e io non devo chiamarti per nessun motivo.»

Mi ero seduto sul letto con una bottiglietta di Drambuie da 50 ml presa dal minibar e guardavo nel vuoto. Le avevo raccontato la mia versione dei fatti, mi aveva detto che non sapeva niente di tutto questo, che non aveva mai visto «qualcosa che non avrebbe dovuto» e che nessuno GNIE e nessuno Tsechlentìdis le stavano dando la caccia. ovviamente era fuori di sé.

«Sofia la conosco *davvero*. E mi ha *davvero* salvato da

uno sfratto. E c'era un periodo in cui *passavo* dal suo ufficio, parlavamo di varie cose. Ma che mi facesse una porcata del genere, che mi prendesse in giro così, quella maiala, non...»

«Le avevi parlato di me?»

«Le avevo portato uno dei tuoi libri, dicendo che sei il mio amico che scrive.»

«Benone.»

«Le avevo anche raccontato quello che era successo al *Lefty's*.»

«E cioè?» chiesi, mettendo in carica il telefono con un power bank che c'era lì a fianco.

«Cioè cosa, Laki? Che nel 2017 era successo tutto quel guaio. Che tu hai preso e te ne sei andato e mi hai lasciato in quel locale da sola a ripulire per te, puttanella. Ma non importa, io *ce l'ho fatta*... Però avresti almeno potuto chiedere di me, stronzetto. Se stavo bene, com'era andata. Qualcosa.»

«L'ho saputo per altre vie...»

«Sì, ma non da me.»

«Cos'era successo?»

«Quando sei sparito quel pagliaccio che ti cercava, quell'armadio di due metri, appena sono tornata dal bagno mi è saltato addosso e ha cominciato a chiedermi cose e a fare il bulletto con me. Allora prima che la situazione sfuggisse di mano ho cominciato a strillare "Portatemelo via questo disgraziato, questo frocio" e cose simili, come se mi stesse rovinando la piazza. Così è arrivata gente, sono piovuti i cazzotti, sono volate le sedie... Non ti dico il bordello, un rodeo in piena regola. Mi hanno portata via con una commozione cerebrale.»

«E poi?»

«Poi niente. Lui è sparito e lì non lo abbiamo più rivisto.»

«Sì, l'ho visto io altrove. Ma cosa c'entra la Charìtsi?»

«La Charìtsi è venuta a trovarmi una settimana fa con un'idea: portare a processo il proprietario del *Lefty's* per delitto contro l'incolumità individuale eccetera per farmi ottenere un risarcimento bello grosso, per il quale però avresti dovuto deporre anche tu. Ma ti pare... Non ci credo... Se me la rivedo davanti quella faccetta di minchia rancida le faccio il culo a pois.»

«E ti ha fatto scrivere il bigliettino.»

«Sì.»

Tutto questo per farle scrivere quel biglietto e convincermi meglio. Cosa cazzo stava succedendo? Per davvero, però. Perché la procuratrice mi aveva infilato in quella storia, se non era per Rebecca? Perché rimediassi elementi sui traffici del suo ex? Quanto seriamente ero coinvolto e per quale fottuto motivo?

Rebecca aprì la finestra per fumare una sigaretta. L'aveva socchiusa, venti centimetri appena, e si limitava a tenere la mano fuori. Atene di notte. Un mostro che emanava tanfo di bugie e bruma elettrica fin dove arrivava l'occhio. Finii il Drambuie e buttai la bottiglietta vuota sul tappeto. Odiavo gli alberghi. Il comodino, il quadro, la penna con il blocchetto. I tuoi oggetti personali per cinque ore... Non avrei scritto nessun libro su questa storia. Non c'era nessun motivo di scrivere nessun altro libro, mai. Mi sdraiai. Dalla mia schiena provennero una serie infinita di *crac* via via che mi stendevo sul materasso duro. Svenivo dalla stanchezza. Rebecca venne a sedersi accanto a me. La guardai con gli occhi semichiusi.

«Ma cosa ti è successo?» le chiesi indicandomi il collo.

«Cosa, questo?» rispose indicando i segni sul suo, di collo. «Niente caro, un omaccio brutale, così.»

«Il baffone?»

«Sì. Uno da "quando-scendo-nell'arena-del-gladiatore-brillano-le-sciabole". Gli piacciono quelle cose lì. Schiaffi, soffocamento... Pioggia di insulti... Mi chiama assatanata, mi chiama merdosa, pervertita o puttanone... Ma poi si mette lì e lo prende come una gran signora. Tutti così, Michelino, tutti così.»

«Sta tornando?»

«Ma no, figurati. Dritto a casa. Da moglie e figli. Mi paga la notte e la colazione. Gli extra della professione. Dovere e piacere», disse. «E tu? Stai lavorando?»

«Se scrivo?» chiesi con la voce che si spegneva.

«Sì.»

«Bah... Ho cominciato una cosa sul processo a Johnny Depp, sto lì a seguirlo tutto il giorno, ogni giorno, ma mi sa che non...»

«Cosa vuoi, vincerà Johnny», disse sdraiandosi anche lei. «Non c'è verso. Johnny è una potenza.»

«Sì...»

«Dormi adesso», disse e mi appoggiò una mano sulla fronte. «Dormi Kroket. Dormi.»

Quell'ultima cosa non poteva averla detta Rebecca. Non era possibile.

Loukàs parcheggiò con mezza mano sul volante. Spense le luci, la musica. Si sentivano solo i gemiti soffocati del driver e il rumore della litoranea. I gorilla scesero. Uno aprì la mia portiera.

«Che c'è?» chiesi.

«Andiamo a vedere se lo stronzo ha bisogno di aiuto e poi via. Dai, andiamo», disse Loukàs.

Aveva gli occhi che luccicavano come biglie dentro la benzina. Scese. Scesi anche io. Avevano armi addosso? C'erano macchine in giro? Case? Telecamere? Niente. Poteva succedere di tutto.

Ci avvicinammo.

«È rotto... Ahi... È rotto», diceva il rider tenendosi il piede.

«Eh, ma se corri così...» disse Loukàs. «Stai attento, *bro*!»

Gli altri due si dirigevano verso di lui più in fretta di noi, uno correva. Era una rincorsa per un calcio d'angolo. Di punta. Non lo beccò. Apposta. Gli toccò appena la testa, sfiorò solo i capelli. Il rider si mise a urlare e a piangere dalla paura.

«Aaa! Aaaa! No ti arrabbiare tu... No ti arrabbiare...»

«Bello, fatti dire una cosa», gli disse Loukàs. «Devi imparare il greco. "No ti arrabbiare" e "no ti arrabbiare" non si può sentire...»

«AHAHAHAHAH!» risero i gorilla.

«In Grecia diciamo "NON ti arrabbiare", chiaro?»

«Aaa... Sì... Aaaa...»

«Io te lo dico per aiutarti, perché così ti adatti e lavori meglio, come si deve...»

«Aaa... Sì...»

«SMETTILA DI URLARE RAZZA DI FROCIO, "AAA" COSA, ZINGARO, SUBUMANO, TU E IL TUO PAKISTAN DI MERDA!» gli urlò il gorilla in piedi prendendolo per i capelli.

«Io vado», dissi. «Ci sentiamo.»

Il secondo gorilla guardò Loukàs e poi me.

«Aspetta due minuti e ce ne andiamo tutti insieme. Due minuti cazzo, Kroket, stiamo solo scherzando. Ecco, guarda, adesso facciamo un gioco», disse Loukàs. «Bello, ehi amico!» disse al rider, che il gorilla teneva ancora per i capelli. «Senti, ti portiamo all'ospedale e ti paghiamo i danni, occhei?»

«Aaa… Aaa… Occhei…»

«Ma voglio che giochiamo a morra cinese una volta, e se vinci ti portiamo, va bene?»

«Cos'è…»

Loukàs gli mostrò i gesti di carta-sasso-forbice.

«Sì, io conosco… A…»

«Bene, cominciamo.»

Il gorilla adesso gli stringeva un braccio attorno al collo. La dimensione del braccio con il tatuaggio del lupo era raddoppiata.

«Aaaa…»

«C'è solo un problemino», disse Loukàs.

«Tu puoi fare solo sasso e forbice.»

«Perché?» chiese il rider con il respiro corto.

«Perché tu le carte non ce le hai, *dude*. Non hai i documenti.»

«AHAHAHAHAHAH!» rise quello in piedi, mentre l'altro gli stringeva il collo sempre di più.

«Allora, cominciamo!» disse Loukàs, si sedette sui talloni di fronte a lui e iniziò a fare di continuo il gesto del sasso, e anche il rider, e dopo cinque sei dieci volte che mostravano tutti e due il gesto del sasso Loukàs fece quello della carta, si alzò, fece come per spolverarsi le mani anche se non aveva toccato niente e disse: «Mi dispiace, hai perso».

Il gorilla stringeva, stringeva e stringeva, il lupo del tatuaggio con le quattro spade ficcate nella schiena e gli occhi in fiamme si ingrandiva sul suo braccio, le vene gli si ingrossavano e anche quelle sul collo del rider, i suoi occhi erano sempre più rossi, il giubbotto azzurro *Grigoris* tremava dalla tensione, i fari sopra alle nostre teste si accendevano uno dopo l'altro e la luce era sempre più forte, dalla nuca del rider provenne un *crac* potente, dietro di noi si sentì una risata, girai la testa, la Charìtsi ci riprendeva ridendo con una vecchia telecamera con schermo reclinabile e lucina rossa. Sullo sfondo, dentro la Audi, al posto del conducente, Plaskovìtis com'era venticinque anni fa.

«Ehi stronzi», disse il gorilla che aveva spezzato il collo al rider. «Guardate! Mi è venuto duro!»

Sobbalzai sul letto urlando. Non l'avevano ammazzato. Era una messa in scena. Tutto organizzato. Lo avevamo già visto, poco prima, al *Grigoris* di Glyfada. Quando eravamo dal benzinaio. Era il rider che aspettava alla cassa. Indossava un giubbotto azzurro, cioè quello della piattaforma di consegne a domicilio *Wolt*. Presi il cellulare, cercai su google «Wolt Grigoris». Balle. Kolonaki e Làrnaka. Per Glyfada mi dava solo fiorai e farmacie.

Non facevano consegne per la catena *Grigoris*! Non era un vero rider. Non portava il casco, e i rider lo devono mettere sempre ma proprio sempre, è obbligatorio. E non era neanche pakistano, perché quel modo di dire «no ti arrabbiare» era più da tzigano, non c'entrava niente con Pakistan e simili, e gli tzigani non fanno i rider, non si era mai visto. Era uno dei loro, istruito a dovere. La sosta al *Grigoris* era per dargli il segnale. Perché fare inversione così, di botto, in mezzo al niente, da un senso di marcia all'altro? E perché infilarsi nel labirinto di Ellinikò quando quel posto era un vero rifugio per lo GNIE, una zona franca, un parco giochi popolato dalla mala, dai loro gorilla, dai proprietari dei club *bouzoùkia** con la musica scadente e da tutte le loro ville farlocche. E perché poi andare a cadere proprio sotto l'unico faro abbagliante, così l'inquadratura di Loukàs sarebbe risultata perfetta? Non l'avevo visto morto, solo immobile. Il gorilla aveva detto che aveva la testa aperta in due come un melone, ma io non avevo visto niente di tutto questo. Non mi ero avvicinato. Ero impietrito. E poi ce n'eravamo andati. Non mi avevano in pugno. Pensavano che io credessi di esserlo, invece non lo ero. E non sapevano che io sapevo. Né l'avrebbero scoperto.

Rebecca dormiva il sonno del giusto. Fuori albeggiava. Andai in bagno, mi lavai la faccia, mi fermai davanti alla porta. Tirai fuori dalla busta tre dei cinquemila e li misi

---

* Locali notturni in cui viene suonata musica dal vivo esclusivamente greca e commerciale su un palco, mentre gli spettatori siedono a tavoli sopra o attorno ai quali ballano, lanciando garofani rossi ai musicisti. [N.d.T.]

nella sua borsa. Per i cazzotti e le sedie al *Lefty's*, Becky. Li abbiamo presi, i soldi.

Uscii in silenzio dalla stanza, scesi, la porta dell'ascensore si aprì, andai verso l'uscita, mi fermai di colpo. Sulla poltrona dove aspettavo io qualche ora prima adesso stava seduta, guardandomi immobile con il suo tailleur e il famoso bracciale d'argento di otto centimetri, Sofia Charìtsi.

«La sua missione è cambiata, signor Krokos.»

17

«Ci sono modi più semplici per trovarmi, comunque, che cercarmi con il GPS del cellulare.»

«Preferirei che continuassimo a darci del lei, se non le dispiace.»

«Lo sapevi che mi avrebbero incastrato per collaborazione a un omicidio, sì?»

«Sì.»

«Partecipazione.»

«Concorso morale in omicidio. Sì.»

«Lo fanno con tutti.»

«È il protocollo.»

«Cosa vuoi da me? Cosa ci faccio nello GNIE?»

«Avremmo potuto fare colazione al *Chancellor*, ma tra poco potrebbe scendere la nostra amica travestita. Adesso uscirò, girerò due volte a destra e all'altezza dell'incrocio tra via Argolìdos e viale Dukìssis Plakendìas entrerò nel *Caffè Milano*. Tra dieci minuti mi raggiunga. Tolga la batteria dal cellulare. Lo può fare con una qualunque carta plastificata.»

«Credi davvero che verrò? Che continuerò a essere il povero stronzo di cui ti approfitti per sempre?»

Si alzò e si diresse verso l'uscita.

«La batteria, signor Krokos.»

Era l'unico snack-bar che apriva alle sette. Presi un caffè in un bicchiere di carta e andai verso il fondo del locale, verso il tavolino alto dove sedeva la Charìtsi. Ben curata, impeccabile, drittissima, con il mento in fuori e la coda perfetta e lucida, calma, sicura di sé. Mi sedetti di fronte a lei.

«Ha tutte le ragioni per essere sconvolto.»

«Non esageriamo», dissi. «Però devi assolutamente piantarla di darmi del lei a questo punto perché se no ti faccio mangiare tutta quella merda di stevia che c'è alla cassa, con tanto di bustine.»

«Impossibile, abbiamo ancora da fare.»

«Abbiamo ancora da fare, io e te?»

«Certo, abbiamo appena cominciato.»

«Tu non hai la testa a posto, mia cara. Pensi che ti lascerò coinvolgermi ancora di più in questa storia? Hai idea di cosa succeda lì dentro? Sai cosa mi hanno messo a...»

«Ne ho un'idea *chiarissima*. So cose che non può neanche immaginare. *Dello GNIE* mi occupo quasi esclusivamente, da sei anni. So *cosa fanno*, so che deve scrivere articoli sul progetto Làvrio-Rafìna, so quale sarà il suo *prossimo* incarico, che questa volta arriverà direttamente da Tsechlentìdis, addirittura.»

«Il tuo ex.»

«Il mio ex. Che è uno degli uomini più potenti e più pericolosi di tutta la Grecia.»

«Benissimo, E COSA CAZ...» urlai, poi soffocai subito la voce. «E cosa cazzo vuoi da me? Che mi vendichi del tuo ex? Che lo roviniamo insieme? Questa ipotesi è fuori discussione. Non con me. Scordatelo.»

«La rovina di Tsechlentìdis, e di tutto il Gruppo, può avvenire *solo* legalmente e *solo* grazie a me. Questo caso è mio e solo mio. Il dossier ha migliaia di pagine e in sostanza è pronto. È lì che aspetta.»

«Se aspetti qualcosa da me, allora aspetterai ancora parecchio, perché pensavo di andarmene un paio di mesi a rilassarmi a Ikarìa.»

«Ci sono *due* ragioni per cui quello che dice è molto avventato. Le ricordo che da un lato lo GNIE la tiene in scacco con prove schiaccianti, dall'altro non ha un copywriter, in questo momento. Quindi le permetterà di andarsene soltanto quando vorrà e alle sue condizioni.»

Il secondo punto era un vero problema. «Nikolas», quello che «il Grande ti terrà finché non lo troviamo».

«Cosa sai di quello che mi ha preceduto?»

«Che sono in molti a cercarlo, non solo lo GNIE.»

«E cos'altro?»

«A tempo debito, signor Krokos», disse. «Adesso ascolterà un'altra storia.»

Si alzò, andò alla cassa e prese altri due caffè. Per strada i primi furgoni scaricavano i rifornimenti per i negozi del quartiere, di Ambelòkipi. La procuratrice si risedette di fronte a me unendo le ginocchia.

«Due mesi fa Alèxandros Tsechlentìdis è venuto di persona nel mio ufficio. Così, senza appuntamento. L'ho ricevuto. È entrato, è rimasto in piedi, ha aperto un tablet con un video e ha premuto play. Trattasi di una scena di contenuto pornografico dove compaio io assieme ad altre persone. Della durata di circa tre minuti. O almeno questo è quello che mi ha mostrato. Poi l'ha chiuso, ha sorriso e se n'è andato senza dire niente.»

«Roba di quando stavate insieme?»

«No», rispose e tirò fuori dalla borsa il solito pacchetto di Muratti 100's, «non ho mai girato quel video.»

Accese, aspirò mezza sigaretta con un solo tiro e la spense nel caffè di prima. La guardavo totalmente impallato, scrollando con la mente infinite categorie di porno, soprattutto giapponese, con canne al vento e nodi marinari.

«So dell'esistenza di tecniche digitali di elaborazione dei dati che permettono di cambiare faccia, corpo, voce, per farli sembrare esattamente quelli di qualcun altro», continuò, «il cosiddetto *deepfake*. Ma quello che non...»

«Ok ok va bene!» dissi. «Non serve che mi dici nient'altro. Hai una sosia. L'ho vista. Oggi, ieri o l'altroieri... Insomma, il giorno del colloquio. Le hanno fatto girare la scena e poi hanno elaborato l'immagine con un programma, per ricattarti. Questo è successo. Fine del mistero. Tirami fuori dallo GNIE e lasciami andare a casa.»

La Charìtsi sorrise e si aggiustò meccanicamente il bracciale.

«L'ha vista, eh? Ne ha viste di cose in un giorno solo...»

«È quello che dico anche io.»

«Lo so che c'è una sosia... Per forza c'è.»

«E quindi?»

«Quindi non mi interessa *come* hanno girato il video, né *come* hanno fatto a rendere un'attrice identica a me. L'ho già detto, è chiaro che è stato fatto uso di tecnologie avanzate. Il problema qui è che la scena in questione non mi è estranea. È una scena che esiste. Nella mia testa.»

«Nella tua testa?»

«Sì. Come le posso dire... *Preesiste*. Tutta intera. Dall'inizio alla fine... È una fantasia assolutamente personale... Assolutamente intima... Solo mia. Che ho sempre avuto, fin da piccola, e che non ho condiviso né con Tsechlentìdis, né con il mio analista, né con nessun altro. Mai.»

Dieci secondi di silenzio. Fuori passò lentamente un tre ruote con rimorchio, facendo rumore.

«Quello che dici è assurdo», dissi, «è impossibile.»

«Lo so. Ma l'ho visto con i miei occhi.»

«Che scena è? Cosa si vede?»

«È escluso che io lo dica a lei, ovviamente. E cosa si vede non ha alcuna importanza», disse e si chinò un po' in avanti verso di me. «Ci troviamo di fronte a una cosa mai vista. Ci dev'essere una qualche tecnologia maligna, un metodo di sorveglianza, di osservazione delle immagini prodotte dal cervello, di cartografia della memoria, qualcosa, insomma, a cui Tsechlentìdis ha accesso. Il messaggio è questo: guarda cosa sono capace di fare, smettila di starmi addosso perché ti riduco in briciole.»

Cosa aveva detto a Loukàs il vecchio copywriter? «Stiamo provando a limitare la portata della nostra vittoria, affinché l'avversario non sappia niente di noi.» Sì, ma quello che diceva non era possibile. Era una follia pensare che qualcuno potesse fare un video ricavato da una tua fantasia e con te dentro, senza che tu sappia né come né perché.

«Non è che parli nel sonno?»

«C'era *ogni dettaglio*, signor Krokos. Dall'inizio alla

fine. Come se fosse entrato nella mia testa, capisce? Quanto potrei mai parlare, nel sonno?»

«E immagino che tu non possa andare dalle autorità, perché...»

«Ma quali autorità, sta scherzando? Non esiste niente del genere. È tutto talmente interconnesso che ho le mani legate in questo senso. Gliel'ho detto, al punto a cui siamo arrivati ci sono *solo io*. A chiunque altro lo dica, la sera stessa Tsechlentìdis sarà venuto a saperlo, il video sarà trapelato su decine di account anonimi e la mattina dopo sarà arrivato ai media mainstream con un milione di clic prima che qualunque Squadra reati informatici possa intervenire. Ha le spalle coperte, ha gli imprenditori dietro: è un vero caterpillar, sa usare il suo potere e lo userà. Qui non puoi andare in procura a sporgere denuncia contro un gruppo di interesse senza che ne vengano informati cinque dei suoi penalisti prima ancora che le indagini preliminari siano iniziate. Non esistono le autorità, se le può scordare.»

«È questo che dico, tu dalle autorità NON ci vai, visto che non possono proteggerti neanche dal ricatto, quindi figuriamoci se potrebbero fare qualcosa per stravaganze come "aiuto, mi leggono nel pensiero", perché lì ti prenderebbero per pazza e fine della storia, PERÒ INVECE vieni da me e non si sa perché io non dovrei prenderti per pazza, ma va bene, superiamo anche questo e tu mi rifili una balla colossale sul fatto che salverò una mia amica, mi invischi con i cannibali che adesso mi hanno a loro assoluta disposizione anche per il crimine, cosa che sapevi sarebbe successa perché con questa gente funziona così, e adesso cosa pensi che dovrei fare esattamente? Quello che non riescono a fare neanche gli sbirri e la Giustizia? Pensi di avermi in pugno, pensi che ormai devo pedalare e che ti risolverò il problema, il mistero, perché il mio ultimo libro, che tu per caso hai letto, parla di sosia e fantasie erotiche? Una cosa così?»

«Proprio così, signor Krokos. Lei è l'uomo ideale proprio perché spunta dal nulla, come l'eroe del suo ultimo libro. Lei è uno qualunque, le hanno fatto un check ed è pulito, quindi si fidano di lei e può capire cosa le sta succedendo», disse contando «uno-due-tre» con le dita e, mentre lo faceva, apparve per un attimo un segno sulla pelle sotto al bracciale. Una grossa cicatrice sul polso.

«Ma io non c'entro niente con tutto questo, non mi occupo di inconscio né di tecnologia né di fantasy... Scrivo noir. E qualche gonzo, forse...»

«Se la caverà benissimo», disse e si alzò. «Ah, a partire da oggi la rimessa quotidiana è sospesa. La paga lo GNIE e anche molto bene. Per quello che ci riguarda verrà retribuito alla fine.»

«Quale fine...»

Non rispose. Camminò fino all'uscita con i due bicchieri vuoti e il mozzicone di sigaretta, li buttò nella spazzatura, uscì e se ne andò.

Entrai in casa mentre le prime cicale cominciavano a farsi sentire. Mi prese la smania di sistemare. Per un'ora raccolsi, pulii, riordinai. Poi feci una doccia, bevvi molta acqua e andai a dormire.

18

Il mondo cambia. Questa è la prima regola della natura e della vita, e nulla può contrastarla. Il nostro mondo cambia ogni giorno e il nostro Paese si evolve, cresce, innalza la sua caratura, finalmente.

Oggi è luogo comune la tendenza internazionale alla rivitalizzazione delle città storiche come potenziali destinazioni turistiche. Questa tendenza porta Atene, e tutto il bacino dell'Attica, allo stesso livello di centri urbani privilegiati come Barcellona, Vienna, Parigi e Berlino. Questa prospettiva è stata minata dal degradarsi della qualità della vita durante gli anni della crisi, dell'immobilità politica, del populismo e delle divisioni. Ma alcune persone in questo squallore ci si sono adagiate. Alcune persone non hanno gradito la ventata d'aria fresca portata dall'Atene-nuova Berlino e hanno storto il naso di fronte alla riqualificazione dei quartieri del centro, al turismo di qualità, all'arrivo dell'alta gastronomia, al nuovo splendore di piazza Omonia, a Pagkrati nuovo Quartier Latin *e Koukaki nuovo* Notting Hill. *Queste stesse persone si battono ora con furia contro la Riviera Ateniese, e con la stessa furia domani e posdomani si batteranno contro il progetto del più grande, del più bello, del più moderno porto del Mediterraneo – se la terranno, la furia.*

Tutto questo è in mano vostra, ragazzi e ragazze. La scelta sta a voi. O con la Grecia di ieri, della miseria e degli stenti, dei clandestini, delle occupazioni e dei black bloc, o con la Grecia del futuro, dell'Europa, dei grandi investimenti e dei posti di lavoro. Il nuovo Porto dell'Attica orientale, opera interamente finanziata…

«Ahahahah! Vabbè, sei un vero e proprio troll…»

«Non hai capito, mi hanno mandato dei *bullet points*. Il materiale è questo. Questo mi chiedono.»

«C'era anche "Koukaki nuovo *Notting Hill*" tra i *bullet points*?»

«Questa è una mia trovata, ma esiste. In uno speciale-centro-di-Atene su un numero di "City Life" dell'anno scorso.»

A casa mi spremevo le meningi invano e così ero venuto a scrivere al *Kafè diplò*. Di sopra, sul soppalco, perché non mi disturbasse nessuno. Dalla finestra si vedeva metà della piazza di Exàrchia, la parte bassa, con i tavolini davanti al bar, il centro scommesse accanto, con gli schermi in vetrina e le sedie fuori disposte a semicerchio, la birreria di via Spiridonos Trikoùpi, l'edicola sotto al gelso e la luce calda del tramonto che entrava di sbieco da via Themistoklèous riflettendosi sugli scudi degli agenti antisommossa, appoggiati dritti contro il muro dell'*Hotel Exarchìon*, e sulle alte lamiere che perimetravano il centro triangolare della piazza.

Poco più tardi comparve Manos, assetato di aggiornamenti. Ascoltò tutti gli accadimenti notturni con la mano davanti alla bocca, esclamando spesso «Cosa?» e sussurrando «Ma che cazzo stai dicendo...», mi confermò quello che aveva detto la Charìtsi, «Sì, ha ragione, questo si chiama *concorso morale in omicidio*», si fissò di brutto con il video della fantasia e cominciò a parlarmi di neuroscienze e di un metodo relativamente recente di *neuroimaging*, chiamato «risonanza magnetica funzionale», che però non poteva essersi già sviluppato al punto da riprodurre immagini, perché l'avremmo saputo, ma comunque «avrebbe approfondito» e mi disse che da qualche parte aveva sentito parlare del progetto per il grande porto Làvrio-Rafìna, molto tempo fa, ma il fatto che avrebbe sostituito il Pireo lo sentiva per la prima volta.

«Da tutto questo concludiamo che sono molto potenti, Krokos. Molto più potenti di quel che immaginavamo.»

«Io non immaginavo niente.»

«Lo so, e facevi *male*. Perché adesso il problema è come te ne tiri fuori, lo stronzo che sei. Tranne se vuoi fare carriera lì dentro, scrivere di Notting Hill e di tanto in tanto partecipare a un linciaggio *fake*.»

«Forse *fake*», dissi. «Senti, non c'è storia, bisogna trovare il copywriter di prima. Sta tutto qui.»

«Dici che Plaskovìtis potrebbe saperne qualcosa?»

«Vai a saperlo», risposi guardando di traverso un tizio che salì per sedersi da solo a due tavoli da noi. «Comunque a casa sua non ci torno neanche se mi faccio una pera.»

«Molto potenti...» ripeté Manos, quasi parlando da solo.

«Quello che dici non ci sta proprio», mormorò il tizio a fianco. «Ti dico che *non ci sta*. Non ci sta non ci sta non ci sta.»

Se stava parlando al telefono gli auricolari non si vedevano. Altrimenti era matto. Il cameriere gli portò un Freddo cappuccino con la cannella.

«Sì ma potenti quanto?» dissi. «C'è anche solo una possibilità che sia vero quello che dice la gnocca? Non solo che questa tecnologia esiste, perché…»

Manos guardò con discrezione il tizio seduto a fianco e poi di nuovo me, con aria «occhio a come parli».

«No, non mi vede come un amico! No… No… non mi vede come un amico, non ci sta, non mi vede come un amico…»

«Non solo che questa tecnologia esiste…» ripetei guardandolo con aria «ma che cazzo dici?» e continuai: «Perché noi adesso non possiamo sapere cosa c'è e cosa no nella Silicon Valley, nel laboratorio di ricerca x o presso i servizi segreti y, giusto? Ma che si trovi qui, in Grecia? Voglio dire, avrebbe senso? Che ce l'abbia a disposizione qualcuno qui da noi?»

«Non lo so forse è fatta così… Forse lo fa con tutti… Sì, non mi importa… No, senti, non… Ti dico che… Quando… Senti…»

«Forse *ha* senso», disse Manos. «Se pensi al volume dell'afflusso di ricchezza, al quantitativo di denaro sporco e interessi presenti in Grecia in questo momento, a cosa *significa* Grecia in certe sfere, non so, forse ha anche senso. Siamo parte di un'avanguardia molto anomala, in Europa abbiamo di quei primati coi controcazzi: traffico di organi, sparizioni di minori non accompagnati, droghe… Uno arriva e compra. Sbarca, che ne so, dagli Emirati a Mykonos con l'aereo supersonico e prenota una discoteca per dodici ore per uso privato ordinando tremila bottiglie di champagne, con il *deal* che il proprietario aprirà una succursale del suo locale su un'isola artificiale di Abu Dhabi. Oppure arriva l'israeliano o il libanese di turno con lo yacht blindato di cento metri, una dozzina di uomini armati dentro per ogni evenienza, si fa le sue vacanze, va ad Atene in giornata ad acquistare immobili a un'asta truccata e torna indietro.»

«Sì, e?»

«Tu quando vedi uno come un amico gli dici "Mi hai fatto scattare qualcosa dentro"?» disse quello accanto.

«Sì, dimmi... No, sì, *così* mi ha detto. Mi ha detto *proprio così*: "Mi hai fatto scattare qualcosa dentro", "Mi hai fatto scattare qualcosa dentro".»

«C'è *terreno fertile* caro mio! Ci sono occasioni, perle rare, spazio. Ci sono da fare molti molti soldi: diritti dei lavoratori addio, esercito-polizia a ogni angolo e un ordine in bianco bianchissimo che arriva dall'alto per fare-quel-cazzo-che-vi-pare. E perché non potrebbe essere arrivato fin qui un software di sorveglianza allucinante, con elaborazione dei dati spinta e un database infinito, tipo che sa ricavare solo dal tocco quante calorie consumi al giorno e quanto in fretta si muove il tuo occhio al quinto stadio del sonno, software o chiamalo come ti pare che sarebbe finito per sbaglio nelle mani di uno Tsechlentìdis? E se non è proprio finito *nelle sue mani*, diciamo che in qualche modo gli è accessibile.»

«Va bene, d'accordo, questa è la situazione oggi in Grecia. E ammettiamo pure che sia accaduto qualcosa per cui Tsechlentìdis ha accesso a un metodo high-tech vedo-la-tua-fantasia-e-ci-faccio-un-video. Poi vabbè, è tirata per i capelli, ma facciamo che è vero. Perché poi LORO STESSI dovrebbero organizzare tutta questa farsa con il rider morto-non morto invece di incastrare bellamente anche me con lo stesso giochetto? Perché accollarsi tutta la trafila di venirmi a prendere in tre persone per andare a vedere i satelliti di Musk?»

«Però passavano davvero. I satelliti.»

«Ma sei fuori? Che me ne frega a me dei satelliti?»

«Di questo non posso incolparla. Me l'ha detto fin dall'inizio "Sto con uno". Questo sì. Questo sì.»

«Perché correre questo rischio?» continuai. «Non ha nessun senso.»

Manos finì il suo caffè. Cadde il silenzio. Si sentiva solo quello accanto che continuava il suo blabla ininterrotto sulla tipa, adesso stava dicendo che di piacerle era sicuro perché lo aveva letto nei suoi occhi, e ripeteva monotono la frase di *Scarface* «Gli occhi, Chico, gli occhi non mentono mai», molte, molte volte di fila.

«Ho notato una cosa strana», disse Manos cercando qualcosa sul cellulare. Lo guardai senza dire niente. «Ascolta.»

«Effe, effe. Come "frode"...»

«La prima lettera è la effe? F?»

«Effe, effe, effe. "For..."»

«Fusèkis?»

«Sì, sì, sì, "Forbici"...»

«Ha già ordinato da noi?»

«No, non ho avuto l'onore di ordinare una pizza.»

«Sì, lo so a memoria lo scherzo telefonico della pizza...» dissi.

«Ma no, aspetta un attimo, ascolta», disse Manos.

«Bene "Fusèkis"... Ehm... il suo indirizzo per favore?»

«Certo, mi sente?»

«Sì sì.»

«Via Aghìou Meletìou 32.»

Manos interruppe l'audio e cercò qualcos'altro. Lo guardavo senza parlare, perplesso da quella sua cazzata di mettersi ad ascoltare Fusèkis adesso.

«Adesso senti questo», disse.

«Nikos Derèmbeis di Nikòlaos terzo!»

«Sì, mi dica.»

«Ok, è lo scherzo che è uscito per ultimo, quello in cui ordina di nuovo. L'ho già ascoltato, ti ho detto.»

«Aspetta.»

«Venti chili con carne, via Karnèllou 20, con due lambda.»

«Come ha detto?»

«Venti chili con carne, Karnèllou 20 con due lambda.»

«Senti cosa dice qui?»

«Sì», dissi sbuffando, «gioca con carne-Karnèllou.»

«Il problema è che questa via non esiste. Né ad Atene né altrove.»

«E tu come lo sai?»

«L'ho cercata.»

«Va bene, bravo, e con questo?»

«*Perché* in uno scherzo dovrebbe dare un indirizzo esistente e nell'altro no? La battuta non funziona se la via non esiste, è troppo banale.»

«Vabbè, tu sei proprio andato», dissi. «Innanzitutto Fusèkis fa di continuo associazioni fonetiche e giochi di parole, anzi i suoi scherzi si basano solo su questo, e poi mi hai rotto con gli scherzi di Fusèkis! Cosa vuoi che mi importa! Ho un'altra bella gatta da pelare in testa, adesso.»

Accesi di nuovo il pc premendo il bottone.

«Va bene, Mike. Io me ne vado. Ti chiamo dopo per sapere come procede», disse Manos e si alzò. «Che mi *importi*», disse poi ad alta voce scendendo le scale. Il tizio accanto si girò a guardarlo e forse per la prima volta si accorse di noi.

Mi connettei alla rete del bar per inviare il testo. Feci per rileggerlo in diagonale prima di premere invio e nel giro di pochi secondi saltò fuori un messaggio da una finestra nera in basso a destra: «*Da casa tua Kroket. Mai da un altro IP per le nostre cose*». Rabbrividii. Uscii subito da «cafediplo1986» e spensi.

Tornai a casa svoltando a ogni angolo per incappare il meno possibile in gente assiepata davanti ai bar. Entrai, mi sedetti al pulitissimo tavolo del salotto e inviai il testo. Poi aprii di nuovo il canale YouTube dove trasmettevano live il processo a Depp. All'alba avrebbe deposto Kate Moss.

19

Era tutto un perverso gioco tra ricchi. Chi sorvegliava chi, chi teneva in scacco chi con elementi probatori e documentazione sulla sua vita segreta, chi era entrato nella testa di chi a vedere scena per scena l'impetuosa successione di tutte le immagini che rimbalzano dalla retina al midollo spinale un millesimo di secondo prima di avere un orgasmo, tutte: cazzi fiche tette nuche lentiggini ascelle schiaffi ninnenanne pubi cravatte freni a mano serpenti resina che cola dall'abete Baileys che cola nel Kahlúa dita lingue buchi del culo, non aveva nessuna importanza. Qualcuno pagava. Qualche depravato pagava per tutto questo e qualcun altro se la spassava con la mente altrui in un paradiso privé mangiando sushi di uova di pesce spada. In quel preciso momento dall'altra parte della città si verificava un orribile incidente, sulla provinciale, da qualche parte ai nostri confini, uno scontro con un frastuono assurdo e subito dopo una doppia esplosione motore-serbatoio che nessuno era lì a sentire. Silenzio di tomba ed emicrania dalla nuca fino alle tempie, Loukàs che mi aveva rimandato tre volte il testo con le correzioni e io che ora premevo invio prima di crollare, la vicina di fronte interamente nuda con una maschera antigas e io che scottavo, tremavo e di colpo non riuscivo a muovermi perché era chiaro che da qualche parte, in qualche modo, qualche pezzo di merda in tutta quella storia mi aveva attaccato il Covid.

20

«Le donne si dividono in due categorie. Quelle che mettono sui social foto a figura intera in costume, diciamo anche una sola oppure tante, e quelle che non le mettono. Quelle che ti lasciano verificare il livello, il potenziale, la categoria, e quelle che non ti lasciano. È *proprio* così che funziona. Se ti metti a scrollare immagini del profilo in quest'ottica vedrai che quello che ti dico è assolutamente ovvio, che la distinzione è chiara. *Superficie calpestabile*, mio caro, o come si chiama. *È così*. E alla fine *tutti* lo fanno, *tutti* in un momento o in un altro scrollano per verificare. E le donne lo sanno.»

«Dici eh?»

«È chiaro. Ed è anche tranquilizzante. Perché le donne sono la chiave. Le donne che continuano a essere donne sono la chiave perché gli uomini continuino a voler essere uomini. Se no da qui a dieci anni vai verso il collasso della civiltà.»

Tsechlentìdis strimpellava accordi a caso sulla chitarra elettrica e aveva messo su i Beastie Boys, *Sabotage*, filosofeggiando sulle cose della vita. Io volevo soltanto che quella visita nel suo ufficio finisse in fretta – mi aveva chiamato per parlare «a tu per tu» – perché la febbre aveva cominciato di nuovo a salire, nonostante fosse mattina, e parlavo solo quanto potevo, cioè molto poco.

«Non ti dispiace se non ascoltiamo jazz, vero?»

«No no.»

«Perché sai, ieri ho letto anche il tuo libro su Coltrane, caro mio. E niente, sono diventato fan! Cioè se metto insieme questo, i testi che ci hai mandato, soprattutto quello di ieri su Làvrio, e *Waves Will Rise* – sto ancora aspettando la dedica con il mio nome *by the way*... Non so... *Genius*. No no, *bravo*. Dico davvero. Allora!» disse con un'ultima, intensa strimpellata, fermando il suono con la mano sulle corde. Appoggiò la chitarra davanti a sé, sopra il vetro spesso del tavolo, e prese il cellulare. «Un lavoretto. Ascoltami bene.»

Annuii.

«Ne sai di arte?»

«Contemporanea soprattutto.»

Sorrise.

«Disegni di dimensione media, A1 e A2. Al carboncino», disse e mi mostrò delle immagini sullo schermo.

Busti e statue, Ermes, Afrodite eccetera, nature morte con un'anfora, una sedia, una bottiglia, una mela... Somigliavano a disegni preparatori per l'esame di ammissione a disegno libero.

«Ne ho una marea», continuò. «*Tonnellate*. Senza firma. In genere valgono da cinque a venti euro, secondo la qualità. Noi li vendiamo a tremila euro al pezzo.»

«Cosa? Perché?»

«Perché sono fatti con un carboncino speciale. Carboncino proveniente dalle ceneri.»

«Quali ceneri?»

«Ceneri degli edifici che sono bruciati durante gli scontri di piazza, dal dicembre del 2008 fino a quelli delle manifestazioni contro il Memorandum. La violenza cieca della minoranza, dei fanatici, dei disadattati, che si trasforma in qualcosa di bello ed eterno. Qualcosa che rinasce dalle sue ceneri. Capisci?»

«Sì...»

«E non è solo questo, metà dei soldi andranno al restauro degli edifici bruciati. TUTTO mio: la società di costruzioni che prenderà direttamente l'incarico, gli eventi, l'allestimento della mostra, i canali che lo trasmetteranno, la pagina che venderà le opere online. Tutto. È perfetto. Persino la tematica dei disegni, sulla Grecia antica. Martellamento pubblicitario fino alla nausea, sarà impossibile non comprarli. In ogni casa di questo Paese ci sarà un disegno. Quelli di sinistra contribuiranno ancora di più, insultando sui social... La cosa andrà avanti da sé. È un capolavoro.»

«Davvero sono fatti con le ceneri?»

«Non mi ascolti. Li compro a cinque euro l'uno. La maggior parte da scuole di Belle Arti in Cina. Ma cosa importa? È bellissimo, questo è il punto, e farà il gioco di cinque agende politiche diverse, perché crea un'idea, un mito tangibile, che non fa acqua da nessuna parte e genera molti soldi. Nessuno sa come...»

La febbre adesso pulsava contro le tempie. Di brutto. Quello che mi diceva mi compariva davanti in technicolor. Pittori con il basco che disegnavano sui cavalletti, e dietro di loro code in piazza Syntagma e sui marciapiedi di via Stadìou davanti al cinema teatro *Attikon* e fino a piazza Omonia.

Folle che acquistano dipinti con l'Ermes di Prassitele, famiglie che ridono, bambini che mangiano lo zucchero filato, gente dell'Associazione atleti amatoriali che salta la corda in shorts, e io che vedo tutto dalla terrazza dell'Hondos Center. Avevo bisogno di acqua fredda sulla faccia. E di andarmene.

«...ma non abbiamo paura di lei. Non ci può fare niente. Ha le mani legate, grazie a me.»

«Chi?»

«La procuratrice, abbiamo detto. Tutto ok mister Krokos?»

Ahi, e questo quand'era successo?

«Tutto bene. Un po' stanco. Però in che senso ha le mani legate? Sei sicuro?»

Tsechlentìdis andò verso lo scaffale e versò due bicchieri del solito Chivas. Questa volta non chiamò per il ghiaccio. Cercai di concentrarmi.

«E adesso senti una storia assurda», disse. «Ho un collaboratore, va bene? O forse *avevo*. Un vecchio collaboratore, sulla sessantina. A quindici anni partecipa alla rivolta del Politecnico, poi sinistra estrema. In seguito ha cominciato a vederla in un altro modo, è rinsavito, è passato per posti di governo, commissioni, imprese e una quantità di soldi incredibile proveniente dal Terzo Pacchetto europeo di aiuti per qualche misura di sviluppo, un vero player, *insomma*, sette otto anni fa cominciamo a parlare – la procuratrice già mi dava la caccia. Una sera beviamo, beviamo...»

Disse e brindò contro il mio bicchiere.

Bevvi, era un errore ma ero mezzo obbligato.

«Gli dico le cose stanno così, ho una cagna di procuratrice tra i piedi, è un osso duro, so che raccoglie elementi da anni, è pulita, abbiamo controllato», continuò. «Ovviamente non gli ho detto che era la mia ex e tutto il resto.»

D'improvviso mi venne un brivido e una stretta allo stomaco. Bagno. Subito. Mi trattenni.

«...ma gli ho detto come si chiama, "Ah, ma io la conosco", mi fa. "E come?" chiedo. E lì comincia a raccontarmi una storia del tutto improbabile – che anni dopo mi ha dato un'idea ancora più improbabile – sul fatto che la conosce fin da piccola, che era un amico di famiglia e che una volta, d'estate, lei...»

Sì, no, ero al limite, non ce la facevo più. Mi alzai.

«Dove trovo il bagno, Alex?»

Uscii in corridoio, corsi e arrivai in tempo. Liberazione. Rimasi lì seduto cinque minuti a calmarmi perché tremavo dalla testa ai piedi. Mi gettai dell'acqua sulla faccia, mi rinfrescai un po' le idee. Ma non stavo bene. Febbre e stomaco insieme. Dovevo assolutamente tornare indietro e ascoltare la fine della storia di quell'estate-con-la-Charìtsi, e mi chiedevo se fossi in grado di restare in piedi per più di un minuto. Feci tre respiri lenti e profondi, deglutii e uscii deciso dal bagno. In mezzo al corridoio, come se mi aspettasse, stava la pallavolista con le braccia incrociate. Spalle enormi, occhi azzuri intensi sotto a sopracciglia Brooke Shields e mascella rigida. Mi fissò.

«Ciao», dissi, «sono...»

«Lo so. Lui se n'è andato. Impegno fuori urgente.»

«Ok... Ha detto quando torna?»

«Oggi non torna. Ma puoi continuare la conversazione con me.»

«Eh?»

«Non qui. Fuori. E non usciremo insieme, perché dobbiamo passare dall'ufficio centrale dove ci sono i tre idioti che chiacchierano. Esci per primo, vai all'edicola dove ti ho visto l'altroieri e aspettami.»

Passai dall'ufficio centrale dove c'erano i tre idioti che chiacchieravano, uscii in strada, il caldo mi fece subito bene, andai all'edicola bagnata dal sole e mi fermai davanti alla prima pagina di «Elèftheri Ora», *Profezia sconvolgente dal 1053 d.C. DOPO IL COVID CI RIPRENDEREMO COSTANTINOPOLI!*, e aspettai Kalìsta Patriarchèa.

Dopo cinque minuti mi ero stancato, mi girava tutto, e pensai di andarmene ma la vidi arrivare camminando nel riverbero del sole di buon passo con i Ray-Ban quadrati. Si fermò davanti a me, a mezzo metro. Era più alta.

«Conosci la procuratrice Charìtsi, giusto?»

«Eh? No, non la conosco. Chi è?»

«La conosci, e la tua presenza nello GNIE c'entra con lei.»

«Non so di cosa stai parlando. Il nome Sofia Charìtsi non l'ho mai sentito», dissi. Merda, merda, merda...

«Proprio così, Sofia Charìtsi.»

«Sì, l'ho sentito perché ne parlavamo con Alèxandros, intendo, ma non la conosco. Ovviamente non la conosco.»

«Ovviamente la conosci, perché Alèxandros non ha mai fatto il suo nome. Diceva solo procuratrice ed ex. Vi stavo ascoltando. La conosci e anzi, sai anche com'è fatta, perché l'altro giorno stavi seguendo la performer che le somiglia. Quindi l'hai incontrata.»

«Non so davvero di cosa mi stai parlando...»

«Non ti preoccupare. Non ho intenzione di tradirti. Questo significherebbe che entro il calar del sole saresti sparito e ti ritroverebbero l'anno prossimo in un fosso, nella provincia di Rodòpi. E invece io ho bisogno di te. Come forse tu hai bisogno di me. Da questo momento lavoriamo insieme.»

Non so per quale motivo, ma mentre Kalìsta pronunciava la parola Rodòpi la mente mi andò subito a Plaskovìtis e alla sua storia di boschi e cervi, un tempo, sulle montagne del Pindo.

21

Nella macchina di Kalìsta perché da qualche parte dovevo pur sedermi. Era una Fiesta coupé con il sedile del conducente tirato tutto all'indietro per farci stare le sue gambe. Procedevamo su viale Vasilìssis Sofìas nell'incredibile traffico di mezzogiorno. Doveva andare a Plàka e mi avrebbe lasciato alla fermata della metro Evagghelismòs.

«Ma tu stai malissimo, o sbaglio?»

«Hai capito anche questo, complimenti.»

«Quando ti ha trovato la Charìtsi? Come sei entrato in contatto con lo GNIE? Ti ha messo alla ricerca di prove contro Tsechlentìdis?» chiese ripetendo con voce ferma, che lasciava intendere che non solo non avevo ancora guadagnato il suo rispetto, ma forse non sarebbe neanche mai successo.

«Una cosa alla volta», dissi sfregandomi le tempie. «E tu da dove spunti fuori in tutto questo? Sei la figlia dell'ex collaboratore, è giusto fin qui?»

«Sì, complimenti a te.»

«E adesso stavi origliando perché la questione riguarda tuo padre.»

«No, perché la questione riguarda *me*», disse e clacsonò

forte al primo semaforo di piazza Mavìli, dove eravamo bloccati da tre verdi di fila. «Mi ci ha infilato mio padre nello GNIE, per raccogliere informazioni. Tsechlentìdis non lo sa, ma mio padre da due anni lo odia a morte.»

«Perché?»

«Perché è un buzzurro di macho e pensa che Tsechlentìdis l'abbia offeso pubblicamente, perché una volta a Delfi, durante un cocktail con politici, artisti e imprenditori vari l'ha presentato a qualcuno dicendo "Lui è mio" e mio padre se l'è presa perché dice "Io non sono di nessuno" e da allora lo chiama "la carogna" e vuole "finirlo". Non ha alcun senso. Grandissime stronzate.»

«E?»

«E cosa?»

«Hai trovato qualcosa di valido?»

«Molte cose. Tu?»

«Io non cerco. Sono entrato per sbaglio e ora devo trovare il modo di uscirne, tutto qui.»

Kalìsta scoppiò a ridere.

«Molto divertente», disse. «Non so se hai capito quanto vicino sei a metterti nei guai.»

«In generale non capisco molto, ho la testa dura. Perché non mi dici cosa vuoi di preciso?»

La Fiesta accelerò bruscamente per arrivare al semaforo dell'ospedale Nimits mentre scattava il rosso, ma da un lato sbucò fuori un pullman enorme e così, fatti tre metri, frenò di colpo. Mi salì lo stomaco in bocca. Volevo la mia macchina, la mia casa, il mio letto.

«Se cercavo, trovavo», disse Kalìsta. «Il loro dispositivo di sicurezza non è il massimo. Lascia stare che quelli hanno un problema coi loro pisellini e quindi si impallano facilmente, quando si sbloccano parlano parecchio.»

«Dinos, per esempio.»

Si girò a guardarmi per un attimo, poi guardò di nuovo davanti.

«Siete più pettegoli delle mie cugine di Kalamàta, insomma...» disse. «Sì, Dinos e anche tutti gli altri.»

«Senti, non so di cosa mi stai parlando. Hai deciso di fare di tutta l'erba un fascio con me dentro, ma io questa gente la conosco da quarantott'ore circa e a malapena! Come te, fra l'altro. Adesso dimmi cosa vuoi e guida più piano perché se no vomito nel portaoggetti, per la Madonna.»

«Sì va bene e allora non interrompermi, tu e i tuoi Dinos Mitsos Kitsos!»

Oh cazzo, ero completamente circondato da matti. Mi sfregai di nuovo le tempie.

«Va bene», dissi, «e dal momento che hai scoperto molte cose...»

«Cose che dimostrano un accesso diretto ai servizi, al ministero della Difesa, degli Interni, cose che dimostrano come raccolga informazioni riservate su armamenti, telecomunicazioni, tecnologia avanzata...» disse, spezzò una gomma in due con i canini e prese a masticare velocemente. «Cose che dimostrano come si sia insinuato in ambiti strategici dello Stato. Ah sì, e relazioni con la Turchia, molte. Tutte queste cose insieme bastano a metterlo dentro *per sempre*. Anzi, lo ammazzeranno ancora prima che deponga. Vuoi?» chiese indicando l'altra metà della gomma. Feci cenno di no con la testa.

«Benone», dissi. «Porta tutto al signor Patriarchèas così lo concia per le feste. Ma prima aspettate che io me ne tiri fuori perché non voglio finire a fare la pecora per lo GNIE.»

«In che senso?»

«Un tizio qualunque in un locale notturno che viene processato per direttissima al posto del padrone se arrivano gli sbirri e scoprono qualcosa che non va.»

«Bella storia.»

Si girò e guardò lo slargo dell'Hilton con la statua del corridore e il vecchio ulivo che ci avevano piantato accanto. Aveva il collo zeppo di sudore. Io non ne parliamo. Si girò di nuovo e avanzò per mezzo metro scalando in prima.

«Hanno diversi video...» disse più esitante. «Li hanno girati loro... Sono deepfake. Ce ne sono a centinaia come quello della Charìtsi. Cose strane... Molto estreme... Violenza, perversioni pesanti, immagini in cui dici cose che non hai mai pronunciato, o in cui ammetti azioni che non hai mai compiuto... Per ricattare, capito? E sono cose che ho scoperto *totalmente* per caso.»

«Come?»

«In un book con foto di modelle che hanno su, in ufficio, ho riconosciuto persone che avevo già visto negli hotel di mio padre. Escort, massaggi, danza... Ogni tipo di prestazione a pagamento. Le ho rintracciate e mi hanno parlato degli *studios*, delle riprese... Di quello che succede prima che finiscano di girare, prima che mandino il materiale in lavorazione.»

«E il tuo problema è che con questa roba anche tuo padre sarebbe compromesso?»

«Questo non è un problema, è un'occasione.»
«Eh?»
«Bisogna fare in modo», continuò Kalìsta, «che le prove arrivino nelle mani *della Charìtsi* e non in quelle di mio padre. Cioè quello che stai facendo tu. Così lei li frega entrambi, Tsechlentìdis e mio padre.»
«Io non faccio niente. La Charìtsi ce le ha già le prove, sono anni che le raccoglie.»
«Sì, ma ha "le mani legate" come dice il nostro.»
«Ferma un attimo», dissi asciugandomi il sudore dalla nuca con la mano. «Tu adesso stavi ascoltando la nostra conversazione perché cerchi il modo di "liberare" la Charìtsi?»
«Esattamente. Proprio come te.»
«E hai sentito la storia di tuo padre e di quell'estate che e ti sei detta ci siamo.»
«Solo che non abbiamo scoperto niente, perché sei dovuto correre in bagno.»
«Sì, sono dovuto.»
«Ok», disse e frenò di colpo. «Ma ora scendi perché siamo arrivati. Alla metro Evagghelismòs mi hai detto, no?»
«Sì.»
«Pensa a cosa fare. E fai il test per il Covid, hai l'aria di un cadavere.»

Salivo via Maraslì con passo strascicato. Quella storia non stava né in cielo né in terra. Chi denuncia così suo padre? Come eravamo arrivati a quel punto come Paese e come società? Dove stavamo andando? Presi una bottiglietta d'acqua al minimarket e continuai sul marciapiede di sinistra, che era all'ombra. Oltrepassai via Ipsilàndou e via Karneàdou con il suo vecchio cartello sbiadito, un «Italian Street Food» e un «Coffee Lab» e girai in via Alopekìs per evitare troppa folla. Niente folla, niente salite ripide. Via Ploutàrchou, Patriàrchou Ioakìm... Quando sbucai in via Skoufà dovevo aver visto almeno tremila persone, soprattutto turisti a gruppi di due, quattro e trenta, senza concentrarmi sulle facce, ma appena sotto o appena sopra l'orizzonte delle teste bionde, delle pelate rosa e dei cappellini, lasciando la precedenza a tutti e camminando a piccoli passi da papera per mantenere l'equilibrio. Cos'era la fantasia della Charìtsi? Cosa mostravano quei video? Cosa facevano dire alla gente? E cosa fare? Ci recitavano delle mistress? Ci recitava Anastasìa? Quante persone avevano recitato? Quante persone ricattavano, quante tenevano in pugno? Intorno a me erano tutti attori porno. Imbottiti di olio, feromoni e viagra, tutti attori, erano tutti attori. Mi sforzai di salire le scale della chiesa di Aghìou Dionysìou, ci entrai e mi sedetti un po' al fresco sotto l'icona di Aghìa Varvàra.

22

Mi svegliai nel mio letto. In qualche modo ero riuscito ad arrivare a casa. E mentre cercavo il cellulare per vedere che ora era e mi chiedevo perché da Evagghelismòs non avevo preso un taxi, con i duemila euro in tasca che avevo, in testa mi ballonzolava il cartello sbiadito di via Karneàdou, con le vecchie lettere strette e lunghe e le viti arrugginite, lì all'angolo con via Maraslì, scintillante sotto il sole a picco. L'immagine del cartello come l'avevo visto poco prima si avvicinava e si ingrandiva davanti ai miei occhi, i suoi contorni si sovrapponevano a quelli del mio campo visivo, lo oltrepassavano, lo zoom continuava, e adesso vedevo solo la parola «Karneàdou» con le sue lettere maiuscole bianche su fondo azzurro.

23

Mi facevano male le ossa, quello era il problema. Capogiri, stordimento e ossa. E occuparmi di un testo su disegni al carboncino sacro e simili, al momento, era fuori discussione. Tra l'altro non mi avevano mandato niente. Nessun dato, nessuna nuova comunicazione. La decomposizione del mondo sarebbe continuata per un po' senza di me.

Però davvero, come aveva fatto Hunter Thompson? Com'era riuscito a entrare e uscire dagli Hell's Angels? Non era la stessa cosa, non era affatto la stessa cosa, nulla a che vedere, però forse in quel libro c'era una risposta, un'idea, un codice, qualcosa. Ma il libro di Thompson non stava più nella pila sopra al tavolo assieme a Pynchon e tutti gli altri libri che erano lì da mesi, tipo Anaïs Nin, Embirìkos, Michalis Tale, un Manchette, un Bolaño... Li avevo spostati tutti la mattina che ero tornato dal *Chancellor*, li avevo rimessi sugli scaffali e ora non ero affatto in vena di cercare. Rimasi in piedi al centro del salotto senza accendere le luci. Erano le undici di sera. La vicina del secondo piano, di fronte, era seduta sul divano da sola, china e con le mani sulla faccia. Come se piangesse. La guardai per un po' poi rivolsi lo sguardo altrove, per lasciarla in pace. Con tutta quella storia dell'amante e delle mascherine, era da un sacco che non la vedevo in faccia. Lei le mascherine, io il Covid. Ma avevo davvero il Covid? Andai in bagno per vedere se non ci fosse qualche vecchio test nell'armadietto. Ce n'era uno. Forse scaduto ma fanculo, lo feci all'istante. Negativo. Pulito, non avevo niente. Un raffreddore. Con trentacinque gradi all'ombra. Benissimo. La vicina era uscita dal salotto, il cortile interno era nel buio più totale. Dal lato opposto, la cima del Licabetto spuntò dietro ai condomini e i fari brillavano come una costellazione finta nel cielo nero. Mi vestii e uscii a camminare.

Un giro in città. Era anche sabato. Da via Ippokràtous raggiunsi via Akadimìas perché su Asklipioù non si camminava neanche per la folla dei bar, risalii a prendere un souvlàki da *Prodòrpio*, scesi fino a piazza Kànningos ed entrai di nuovo a Exàrchia da via George. Tutta la parte bassa di Exàrchia ci credeva ancora, con voci roche e reti strappate, gelatai e posti dove bere il *rakòmelo*,* bar con sedie da regista invecchiate, *dàkos*** cretese, birre, sigarette da rollare e accendini Zippo con la faccia del Che. Da via Zoodòchou Pighìs in su spuntavano a grappoli i *boutique café* di dieci metri quadrati con il vecchio pavimento a mosaico tirato a lucido, due appendini con appese delle magliette, una caffettiera, una pianta tropicale, una vetri-

---

* Bevanda alcolica fatta con *rakì*, l'acquavite greca, miscelata con miele e spezie come cannella, chiodi di garofano, cardamomo. Si beve caldo e soprattutto d'inverno. [N.d.T.]

** Piatto tradizionale cretese costituito da *paximàdi*, la frisella greca, condito con pomodori, olive e feta oppure *myzìthra*, una sorta di ricotta. [N.d.T.]

netta con bigiotteria esposta e un poster di Keith Jarrett. Passai davanti a quattro diversi nuovi hotel e *pensions* con delle suite, che si chiamavano tutte *Athens*-qualcosa, salutai da lontano un gruppo di persone che non riuscivo mai a ricordare chi fossero in una birreria, e in via Charilàou Trikoùpi, accanto a una nuova panineria che somigliava a un laboratorio di microbiologia, mi fermai davanti alla vetrina di una libreria dell'usato con pacchi di polizieschi e thriller in vecchie edizioni. Gérard de Villiers, Mickey Spillane... James Chase, *In nome della violenza*. Richard Prather, *Il carro di Troia*.

Dovevo scrivere un romanzo sbagliato. Il narratore trascina l'eroe in ogni possibile vicolo cieco, in ogni errore possibile, e li descrive anche in modo sbagliato, valuta la sua epoca e tutte le situazioni che si presentano in modo sbagliato e alla fine l'eroe muore perché non potrebbe essere altrimenti. Muore anche il narratore. Muoiono tutti. Muoiono tutti in modo orribile, il romanzo sbagliato viene dimenticato e anni dopo lo trova in vetrina un altro narratore. Ormai costa cinquanta centesimi, ma il nuovo narratore nemmeno lo compra. Se ne va e basta. Girai a sinistra alla colonna con scritto «*masconullità*» a pennarello indelebile, comprai le sigarette dal pakistano che mi guardò con i suoi grandi occhi: aveva il bianco degli occhi tutto arrossato. Lo avevano ammazzato o no il rider? Cosa mi sarebbe successo nei prossimi giorni, nelle prossime ore? Imboccai via Eressoù per tornare indietro perché avevo di nuovo i brividi e la febbre saliva. Avevo anche la strana sensazione che qualcuno mi seguisse: due o tre volte, una presenza anomala tra la folla del sabato sera.

All'angolo in alto, come un faro nella notte, il *Casa Bianca*. Il mega bar-club della zona Neàpoli-Collina di Strefi-viale Alexàndras. Aveva costruito il suo mito sul bancone lungo e stretto all'americana e sui dj ricercati, e da cinque anni attirava tutto il bel mondo. Gruppi di ragazze, attori, seguaci della dark wave... All'inizio era «un mercato delle spose» inimitabile con una vera elettricità nell'aria, sguardi, carne e ossa; poi, quando ne avevano sentito parlare ed erano accorsi i bellocci e i per-uscire-metto-la-t-shirt-nera, assieme a un paio di manager e di celebrity, subito erano spuntati anche i poser, i meno *cool*, che avevano visto la luce ed erano entrati, seguiti a ruota dai tamarri e dai poveri sfigati, perché è così che funziona. Adesso ogni sera, con la pioggia o con la neve, era un bordello, e si sentiva ogni genere di lingua, dall'inglese *digital nomad* al greco da stadio. Passandoci davanti, mi vidi riflesso per caso nel vetro nero dell'ingresso. E non mi riconobbi. Com'ero ridotto? Cosa mi era successo? Bianco come un cencio, occhiaie e un muso lungo fino a terra... Era la malattia o tutti gli spaventi che mi ero preso negli ultimi giorni – quanti erano? Mi raddrizzai.

«Avanti, capitano, coraggio!» disse qualcuno alle mie spalle, e la sua compagnia scoppiò a ridere.

Tutta la mia energia e il mio amore per la vita tornarono di colpo, assieme a un pugno pronto a partire da destra se necessario, perché va bene il «capitano» ma il «coraggio» anche no, e in generale quello stronzetto avrebbe pagato per varie cose che con lui non c'entravano, invece non successe proprio nulla perché all'ultimo, prima di girare la testa, dentro al bar, tra due bionde appariscenti distinsi dietro al vetro Nikos Aniàgas, splendente e fumé.

Sì. Certo. Perché no. Tirai la porta ed entrai al *Casa Bianca*.

24

Mi ero aperto la strada a spallate e a gomitate ed ero riuscito a piazzarmi proprio accanto a loro. Discutevano in francese della vita a Varsavia, di Putin che lo tengono in vita artificialmente, del caldo di Atene e della stanchezza perenne con i viaggi internazionali, e parlavano di quanto straordinario fosse stato quello che avevano appena visto tutti insieme, o in cui avevano recitato le due ragazze, o una delle due: uno spettacolo, un concerto, roba così. Erano una compagnia numerosa, a quanto pare, ma loro tre erano andati a sedersi al bancone. Arrivò anche il mio Haig. Ne bevvi metà in un sorso. Guardai Aniàgas. Mi guardò anche lui. Rivolse lo sguardo altrove, mi guardò di nuovo. Io sempre lì.

«Cosa c'è, eh?» mi chiese con la sua voce metallica.

«MICHALIS KROKOS?» sentii dietro di me.

Mi girai. Andonìa, una hyppie cristalli&feng shui che avevo conosciuto quattro o cinque anni prima a Ikarìa. Allo stesso tempo, verso l'ingresso, mi sembrò di vedere un'altra figura ritrarsi dietro a una colonna. Cazzo, lo GNIE mi seguiva e mi avrebbe eliminato prima che sorgesse il sole perché sapeva del mio colloquio con Kalìsta. Microfoni, pedinamenti, GPS, deepfake. Bevvi.

«Noo, ma non sei cambiato per niente!» disse Andonìa.

«Neanche tu.»

«Vabbè, schizo-metropolitan papi chulo A MILLE! Facci sognare!»

«Eh?»

«Sei ad Atene?»

«Eh... Sì», dissi e buttai giù l'altra metà del whiskey.

«Che si dice? Come va? Scrivi? Vabbè, quella casa a Mesaktì, voglio dire...»

«Sì... Va bene... No... Aspetta un attimo, scusa», dissi e mi girai verso Aniàgas, che parlava di nuovo con le due ragazze della serata, del posto, dell'arredamento. «I francobolli», dissi.

«Scusa?»

«I francobolli di quel poveretto. Con gli uccelli.»

«Quali uccelli?»

«Lo sai quanto tempo serve per un'incisione? SAI QUANTO LAVORO CI VUOLE PER UNO SPARVIERO?»

«Zio, perché non vai a rinfrescarti un po' le idee?»

«QUEL POVERETTO STAVA LÌ A DISEGNARE CON IL PENNINO, CON IL CARBONCINO FATTO CON LE CENERI, LAVORO CONCORDATO CON LE POSTE NAZIONALI E TU SEI ARRIVATO CON LE TUE FOTO...»

«SÌ CAZZO, HA RAGIONE!» saltò su Andonìa come un pokemon alle mie spalle.

La gente si era girata e ci guardava. Un tizio alto si staccò dal gruppo e venne verso di me. Aniàgas mi fissava sbalordito con l'aria di quello a cui forse dicevano qualcosa le frasi che avevo pronunciato.

«Nikos, cosa succede?» chiesero le polacche.

«Sì, COSA SUCCEDE, Nikos?» dissi io.

«Calma amico, calma, calma», fece quello alto e mi prese per un braccio.

«FERMO *bro*, cosa fai con quella mano», disse Andonìa mettendosi in mezzo.

C'erano tutte le carte in regola per momenti memorabili. Una notifica nella mia tasca mentre Aniàgas agguantava il tizio alto per il petto.

«Amico, ferma», gli disse. Chi diceva *amico, ferma* nella realtà?

«Le cartoline con i paesaggi...» dissi e mi scappò un bello starnuto. Metà per Andonìa, metà per la polacca.

«Bleah, che schifo!» gridò la polacca e si allontanò.

«Salute!» fece Andonìa. «Stai bene?»

«Benone.»

«Senti, parli di roba di molto tempo fa», disse Aniàgas. «Sei tu il disegnatore?»

«No, un mio conoscente...»

«Sì, comunque questa cosa *si risolve*. È questione di una telefonata...»

«E allora falla», dissi e starnutii di nuovo.

«Vai fuori a starnutire, stronzo!» disse il tizio alto. «Qui ci hai annaffiato.»

«E chi ti ha rivolto la parola?» dissi io.

«Sì, chi ti ha rivolto la parola?» ripeté Andonìa. «Noi da qui non ci muoviamo!».

La compagnia si ritirò verso il fondo del locale, sulle sedie. Il tizio alto continuava a guardarmi minaccioso. Aniàgas mi faceva cenni come a dire «tutto ok, lascia perdere». Ordinai mezzo Haig e controllai il cellulare. Messaggio da un numero sconosciuto. «*Dobbiamo accelerare. Dove sei? K.*» «*Casa*», scrissi, inviai, e la risposta arrivò subito. «*Scendi adesso al* Borealis.»

«Potrebbe essere Covid, comunque», disse Andonìa.

«Dici eh?»

«Oppure long Covid. Hai perdite di memoria? Della memoria *a breve termine*. A me è successo. E ANCHE della concentrazione. Mi succede sempre più spesso, e anche a MOLTA gente che conosco. Si chiama "*Nebbia cognitiva*" e ti danno la Guanfacina per questo, ma non la devi prendere. La cosa migliore è esercitare la memoria da solo. Imparare a memoria liste, di cose da fare, della spesa... E ripeterle a mente più spesso che puoi.»

Mi limitavo a fare sì con la testa. Ma che diceva... *Guacamolicina* che? La febbre mi aveva distrutto. Bevvi. Mi chiese qualcosa ma non sentivo più niente, mi si erano tappate le orecchie, la musica era sempre più alta...

«DICEVO», urlò, «COSA FAI STASERA?»

Niente. Non lo so. Quale sera? Adesso è sera. Come «non sono cambiato»? Sono cambiato parecchio. Del tutto. Sono un altro. La mia faccia è diversa. È cambiato tutto. Non riconosco il mondo. Mi sveglio alle cinque di mattina e non so in che casa sono. Ci hanno preso il mondo. Lo vedi o no?

«COSA HAI DETTO?»

«NON FACCIO NIENTE.»

Uscii fuori, feci due respiri e scesi come potevo per via Eressoù. All'angolo con via Mavromichàli vidi la Ibiza che mi aspettava senza vetri rotti dove l'avevo lasciata l'altroieri, girai a destra nella piccola via pedonale e sbucai davanti al *Borealis*.

Un bar anarchico sulla pedonale, rock e metal, prezzi normali e personaggi in qualche modo dimenticati. Kalìsta sapeva.

Mi aspettava a un tavolo fuori, con le sue spalle enormi e un bicchiere d'acqua. Vecchi bermuda logori, maglietta grigia morbida, capelli sciolti e sguardo molto cupo. Mi sedetti.

«Hai fatto un test?»

«Sto benone.»

«Sì, lo vedo.»

«Senti, i messaggi che mi mandi sono sicuri? Lo sai che sono sotto sorveglianza? Credo che mi seguano anche per strada.»

«I messaggi che ti mando vanno benissimo. Il tuo telefono *non* è sorvegliato in modo sistematico, li hai perfettamente convinti. Il tuo *pc* sì, è sorvegliato, ma non il telefono. Se poi c'è altra gente che ti segue per strada, i tuoi ammiratori, qualcuno che vuole venderti i fazzoletti perché ne hai bisogno, questo non lo so, è un problema tuo.»

«Perché mi hai chiamato?»

«Perché abbiamo ventiquattr'ore, quarantotto al massimo.»

«Fino a che?»

«Fino al momento in cui mio padre incontrerà Tsechlentìdis, la risolveranno a soldi e prenderà la decisione che non solo non è necessario "finirlo" ma che anzi, d'ora in poi dovrà stargli dietro come un'ombra e farmi uscire dallo GNIE.»

Arrivò il cameriere. Avevano spento la macchina per le bevande calde. Presi un succo senza ghiaccio, per la mia salute.

«Cosa è successo?» chiesi.

«Una cosa che ho saputo da un'altra fonte. Si è presentata la possibilità di un lavoro, di quelli che risolvono tutti gli sciocchi fraintendimenti. Per occuparsene, mio padre avrà bisogno della rete di Tsechlentìdis, per avere le spalle coperte da vari concorrenti seri. Una storia complicata di fertilizzanti e petrolchimici, con il riciclaggio che avverrebbe gonfiando le forniture alberghiere e che non ha senso che io adesso ti spieghi nel dettaglio perché non ha alcuna rilevanza...»

«...Mi trovi molto d'accordo...»

«...E così ha invitato Tsechlentìdis in Messenia per discuterne. Lui adesso è a Cipro e torna domani sera. E per come lo conosco, il giorno dopo sarà già pronto a ripartire.»

Era senz'altro il momento di capire almeno un paio di cose. Dovevo concentrarmi, riflettere e capire. Non ero sicuro di riuscirci, ma dovevo. Arrivò il succo e una vodka liscia per Kalìsta. La vedevo bere il primo sorso e mi chiedevo quante probabilità ci fossero che stesse con Tsechlentìdis, che fosse la sua prode aiutante più devota e fidata, la fatale agente doppia che sta lì dentro per controllare chi è chi, chi lavora bene, chi occulta profitti, chi crollerà, chi tradirà. Ma che senso avrebbe avuto? Se fosse stato così, mi avrebbe già fatto fuori. Aveva fatto il collegamento con la procuratrice fin dalla mattina. Avrei dovuto essere in un fosso già da ore. Invece no. Ero al *Borealis* con il mio succo e la pallavolista dallo sguardo cupo.

«Tu perché hai fretta? Perché io sì, ho fretta, per togliermi di mezzo il prima possibile. Ma tu? Qual è il tuo problema? La Charìtsi lo farà il suo lavoro», dissi. «Presto o tardi, lo farà.»

«Non lo farà, perché la tengono in scacco con il video. E anche se lo facesse si occuperebbe *solo* di Tsechlentìdis e dello GNIE. Mio padre sarebbe soltanto sfiorato. E la scamperebbe. Lo so. Sono sicura che andrebbe così.»

«Cosa ti ha fatto?»

«Non ti riguarda.»

«Se devo invischiarmi ancora di più in questa storia, mi riguarda eccome. Perché la sua testa deve cadere? Dimmelo.»

Si guardò intorno. Non parlò.

«Non me ne sbatte niente di sapere cosa è successo di preciso, il come e il quando e tutti i dettagli. Voglio solo sapere a cosa mi trovo di fronte. Capire con cosa ho a che fare.»

Kalìsta si guardò un'altra volta intorno e sbatté rapidamente le palpebre. Poi avvicinò la sedia alla mia, si chinò in avanti, appoggiò i gomiti sul tavolo di zinco con un certo disagio e si prese tra le mani il collo sottile come se si preparasse a raccontarmi una storia davvero orribile.

25

«*Bro, non hai capito*, non so *quando* è stato, un mese fa tipo, che ho visto quel perfetto hipster di merda sulla quarantina con il suo cappellino e la sua magliettina su viale Alexàndras, lì dove c'è il parchetto, hai presente...»

«Quella è piazza Arghendinìs.»

«Bravo, lì, e quello raccoglieva le arance amare dagli alberi lungo la strada, ti rendi conto, come se fossero commestibili.»

«Sì cazzo lascia stare, l'ho visto anche io! Lo fanno, *lo fanno...*»

«No no ma non hai capito, era IN ESTASI! E io vado lì e gli spiego in inglese che non sono arance, che non si mangiano, zio *don't eat it*, e quello ha detto ah, occhei, e le ha messe giù e ha cominciato a fare foto.»

«E adesso scusami, non ti pare gentrificazione *questa*? Il tizio viene in un Paese, in un posto, e non sa, non ha fatto neanche una minima ricerca per sapere dove cazzo ha messo piede e cosa...»

«No no, non è *questa* la gentrificazione. Quelli così arrivano e ripartono. Gentrificazione è tipo l'*altra* stronza, quella tipo sono uscita da un film di *The Boy* con il mio negozietto *cool*, ma non mi sono mai fatta vedere a un'assemblea o a una manifestazione e...»

Ascoltavo quelli del tavolo a fianco analizzare i fenomeni del mondo contemporaneo mentre Kalìsta non aveva ancora aperto bocca. Arrivò la seconda vodka, ne svuotai un po' nel mio succo, bevemmo.

«Le storie vecchie me le ricordo meglio», disse. «Non lo vedevo tanto spesso, veniva ad Atene ogni tanto, a casa di mia madre. E noi viaggiavamo molto all'estero. Ma quando era con noi io ero la sua bambina. Io e nessun'altra. Quando mi abbracciava, quando mi accarezzava i capelli a lungo, quando mi guardava con quei suoi freddi occhi azzurri che solo per me diventavano caldi... Noi avevamo i nostri segreti. Non esistevano davvero, ma esistevano. Tutto stava nello sguardo. Più il tempo passava, più qualcosa mi infastidiva. Sempre di più. Mi rendevo conto che papà era potente, che le persone lo temevano, e mi piaceva che con me fosse buono. Ma c'era qualcosa di brutto. Mi stringeva molto forte, mi guardava intensamente, sempre di più. E un giorno, quando avevo dodici anni, comincia un'altra cosa. Viene a trovarmi un compagno di scuola, vabbè era un cretino ma a me piaceva, prende un foglio di alluminio, di quelli che incartano la cioccolata, lo accartoccia e dice che l'avrebbe inserito in una presa elettrica tenendomi la mano. Non dice per davvero, sta scherzando, è solo per spaventarmi.»

«E tuo padre l'ha visto e l'ha distrutto.»

«Sì. Era lì. Forse si erano già separati con mia madre, non lo so, ma quel giorno era lì. Vede quello che succede, mi dice di andare di là, resta da solo con lui mentre io li guardo dalla cucina. Lo tiene lì un bel po' e gli parla. Con molta calma. Dicendogli che adesso deve metterlo nella presa, che l'ha detto e quindi deve farlo, cose così. Lui è terrorizzato, piange, trema, chiede scusa... E lui niente. "Adesso lo devi fare." E alla fine lo fa davvero.»

«Cioè ha preso la scossa?»

«Io entro in salotto per interromperli, papà si gira a guardarmi tipo "non osare fare niente" e ha quello sguardo caldo che è il nostro, quello che capiamo solo noi, e io mi fermo sulla porta. Si gira di nuovo verso il mio amico, gli dice fallo, lui allunga la mano con l'alluminio urlando dalla tensione e poi la mette nella presa. Ma non succede niente. Aveva staccato la corrente. Il mio amico si mette a piangere e ridere nervosamente, tutt'e due insieme, moccio e lacrime, mio padre gli dà una pacca sulla spalla e gli dice qualcosa come "Visto che begli scherzi facciamo qui", poi viene da me, mi accarezza i capelli e se ne va.»

Bevvi.

«La cosa è continuata. Mi hai detto che non vuoi dettagli, quindi in sostanza qualunque ragazzo si presentasse nella mia vita finiva per sputare sangue. E nel frattempo mi rendevo conto di cosa succedeva attorno a me, di chi fosse mio padre, del potere, dei legami che aveva...»

«E hai avuto paura.»

«E me ne sono andata. Per fortuna. Mia madre mi ha mandato a studiare in California. Ma lui era lì, tramite i suoi soldi. Io ero l'investimento. Il suo investimento più prezioso.»

«Di soldi tuoi non ne hai?»

«Non funziona così. Non hai capito... Sono *sua*. Tutta sua. Non solo ultraprotettivo. È una malattia. Una malattia e una forza illimitata.»

Bevvi di nuovo. Ordinammo altre due vodke.

«Fino a che?» chiesi.

«Fino a che due anni fa ho trovato la persona per me, il ragazzo più dolce, l'uomo della mia vita. E ho fatto l'errore di portarlo in Messenia.»

«Perché l'hai fatto?»

«L'ha voluto lui. Neo avvocato, greco-americano, Giurisprudenza ad Harvard. Conosceva mio padre e voleva fare tutto come si deve. Voleva che andassimo insieme in Messenia, per incontrarlo, per dimostrargli che lo rispettava. E per dirgli che ci saremmo sposati.»

«E che saresti rimasta con lui in America.»

«Sì.»

«E quindi saresti stata economicamente indipendente.»

«Sì, tutte queste cose, che nell'universo di Patriarchèas non esistono.»

«L'ha ucciso?»

«Peggio. L'ha fatto diventare uno dei suoi. Solo ed esclusivamente per dimostrarmi che anche quel ragazzo era un blabla, uno stronzo come tutti gli altri. L'ha tenuto lì più tempo del previsto, hanno parlato, l'ha portato in giro, gli ha fatto dei regali, gli ha proposto lavori incredibili... L'ha fatto impazzire. Mio padre è così. E nel giro di pochissimo tempo il mio Ronny è diventato un suo stretto collaboratore e mi ha chiesto di rimanere in Grecia, il-più-bel-Paese-al-mondo quando sei sulle spalle di uno come mio padre. E quando tutta questa procedura è finita e l'ha incastrato in cose molto molto brutte e sporche con un biglietto di sola andata, Ronny è diventato l'ombra di se stesso, o forse è diventato se stesso, un tipo con cui non avevo più nemmeno voglia di parlare, e papà ha ricominciato a guardarmi con il suo sguardo caldo e ad accarezzarmi i capelli per consolarmi perché ci eravamo lasciati, ho capito, ho semplicemente capito che finché esisterà e sarà così potente non potrò mai respirare.»

«Come l'ha incastrato?»

«E piantala Krokos… come l'ha incastrato… Volevi sapere a cosa ti trovi di fronte e adesso lo sai. Cosa vuoi? Vuoi che ti faccia ficcare il naso? Vuoi che ti dica cosa succede nel tuo Paese? Vuoi sapere di porno spinti nelle villone con minori non accompagnati portati lì da chissà dove su un furgoncino? Vuoi sapere che per coprire il tutto serve un'impresa di *real estate* pulita a nome di una persona giuridica? Vuoi storie così per i tuoi libri? Ne ho anche altre. Sparizioni in cui ti portano in una clinica fantasma e ti trasformano in pezzo di ricambio per trapianti e quindi ti servono certificati eccetera, vuoi?»

Era scossa da un tremito. Anche io, ma io avevo il Covid. Per questo tremavo. Due celerini in moto dell'unità Delta passarono lentamente in via Mavromichàli, di pattuglia.

«Occhei», dissi. «L'ha usato, l'ha incastrato, l'ha ridotto una merda e avanti il prossimo. Benissimo. Cosa vuoi fare adesso?»

«Senti, ricattano la Charìtsi con il video perché non proceda. Tsechlentìdis aveva cominciato a dirti come ci è riuscito e ha menzionato mio padre. La soluzione sta *lì*. E noi andremo *lì*.»

«Lì dove?»

«In Messenia.»

«Ah… Questa sì che è un'ottima idea. Una delle migliori che abbia mai sentito…»

«Aspetta. Ascoltami», disse di nuovo. «Si conoscono. "Ah, ma io la conosco." E così gli ha offerto la soluzione, dice. Io non conosco la Charìtsi e tu non conosci mio padre. Andiamo lì, capiamo e la liberiamo, così li massacra. Lo dobbiamo fare subito.»

«Sei sicura?»

«Che li massacrerà?»

«No, questo non possiamo assolutamente saperlo. Sei sicura di non averla vista? "Un'estate"? Per ricordarti cosa potrebbe intendere Tsechlentìdis?»

«Sì. Impossibile. Non passavo l'estate con mio padre. Senza contare che ha venticinque anni più di me.»

Cadde il silenzio. Mi vide grattarmi la nuca, controllare l'ora. Era mezzanotte. Mi stava perdendo.

«Lo sai che la solitudine e il dolore possono far sparire il mondo?» mi chiese all'improvviso senza aspettare una risposta. «L'ho vissuto… Anzi, la mia vita è questo, in sostanza. L'assenza del mondo. E voglio che finisca. Capisci? Voglio che finisca il dolore. Pensa alla peggiore cosa che hai vissuto e che vorresti far smettere di esistere. Ti svegli una mattina e non esiste più… Su, dimmi, qual è la cosa peggiore che ti è successa ultimamente? Una cosa che ti perseguita, che vedi quando guardi nel vuoto?»

«Sfrecciavamo nella Audi di Loukàs», dissi subito. «Con la techno a palla, una vodka Beluga, quei due bei tipi dietro...»

«Lo so... La notte del rider. Guarda, queste sono cose che *fanno*, non è così grave. Non che non ammazzino gente, ma quella è tutta una messa in scena per...»

«Lo so anche io», dissi. Kalìsta si preoccupava per me. Mi aveva detto la verità, per non farmi agitare. Segnai un punto in suo favore. «E mentre sfrecciavamo sulla litoranea, dico prima della sceneggiata del rider, e io stavo pensando a che cazzo ci facevo lì e che volevo tornare a casa mia, avevo Loukàs che mi parlava del precedente copywriter dello GNIE. Quello che ho sostituito. Di quanto fosse un genio, delle battute e delle idee che aveva e di quanto fosse veloce, reattivo e fantasioso... E io l'ho invidiato. Invece di entrarmi da un orecchio e uscirmi dall'altro, invece di pensare alla mia situazione, invece di provare a capire cosa stesse succedendo attorno a me e cosa proprio a me, stavo lì a invidiarlo. Ma per davvero. Invidiavo il precedente copywriter dello GNIE. Questa è la cosa peggiore che mi sia successa da parecchio tempo a questa parte.»

Kalìsta sorrise. Io restai inespressivo. Le sfuggì una risata strozzata, sorrisi. Ridemmo. Bevemmo.

«Lo stanno cercando», disse. «Ossessivamente.»

«Sì, ma questo non basta. Lo devono anche trovare, se no io sono nella merda. Cioè nella merda ci sono comunque, ma se non lo trovano ci resterò per sempre», dissi provando a schiacciare una enorme blatta con il piede. «Charìtsi o non Charìtsi.»

«Non hanno granché, è invisibile quello… Hanno solo un vecchio indirizzo da qualche parte a Kypseli, di quando aveva vent'anni, tipo. L'hanno avuto indirettamente, tramite la dichiarazione dei redditi di un familiare. Ma lì non ci abita nessuno, da anni. Ieri ne stavano parlando di nuovo, del fatto che si sono stufati di mandare gente in via Aghìou Meletìou 32 a sorvegliare per vedere se arriva qualcuno a ritirare la posta, o a visitare l'immobile, neanche…»

«Cosa hai detto?»

«Che si sono stufati di sorvegliare un vecchio indirizzo che…»

«Sì, ma che indirizzo hai detto?»

«Via Aghìou Meletìou 32.»

«Lo dici a caso o è l'indirizzo esatto?»

«È l'indirizzo esatto, lo ripetono di continuo.»

La blatta zampettò veloce e sparì nelle fogne.

26

Mi alzai di colpo. Presi venti euro e li lasciai sotto al bicchiere.

«Dove vai?»

«Alla macchina. Andiamo.»

«Dove?»

«A Evagghelismòs.»

Risalimmo la via fino all'angolo, entrammo nella Ibiza, misi in moto. Kalìsta spinse il sedile indietro al massimo.

«Krokos, cos'è questo casino? Sei un cliché ambulante!» disse guardando il sedile dietro.

In effetti. Libri, documenti, giornali, un costume, un telo da mare, bottigliette d'acqua mezze vuote per terra... I due numeri di «Molo», la copia di *Waves Will Rise* con la dedica per Tsechlentìdis e il giubbetto che mi aveva dato la mattina del colloquio. Tornando avevo buttato tutta la roba dietro, e lì era rimasta.

«Potresti darmi il giubbetto? Ho freddo», dissi girando a destra sulla circonvallazione.

«Tieni. Per questo stai andando all'ospedale? Che succede, è la fine? Sei morto?»

«Non stiamo andando all'ospedale. Stiamo andando

giusto di fianco. In via Karneàdou, perché voglio verificare una cosa.»

Occhi puntati sulla strada e sullo specchietto in alternanza, sguardo fisso all'orizzonte, alla circonvallazione... Dietro, in fondo, una macchina nera, metallizzata, che avanzava a ritmo lento e costante. Solo dall'altro lato, alla svolta di via Kleomènous, mi soffermai a guardarla.

Trovai posto più su, in via Suidìas. Scendemmo, camminammo su via Maraslì fino a giù in fondo. Mi fermai davanti al cartello sbiadito con la scritta «Karneàdou» e le sue vecchie lettere strette e lunghe. Maiuscole. «ΚΑΡΝΕΑΔΟΥ.» Le lettere erano talmente strette che le piccole linee orizzontali della alfa e del delta erano quasi inesistenti, somigliando a due lambda: ΚΑΡΝΕΛΛΟΥ.

«Tutto bene?» chiese Kalìsta.

«*Chili con carne*... Quanti? Che numero aveva detto?» parlavo da solo.

«A un certo punto dovrai spiegarmi cosa sta succedendo, lo sai, vero?»

«"Venti *chili con carne*, Karnèllou 20 con due lambda." Sì...» dissi e cominciai a camminare verso il numero 20. «Gli-scherzi-telefonici-di-Fusèkis, ti dicono niente? Pizza al burro di pistacchi?»

«Assolutamente niente», disse seguendo il mio passo con le sue falcate immense.

«Allora lascia stare. Non importa. Voglio solo verificare i nomi su qualche campanello, tutto qui.»

Non sarebbe stata assurda una cosa del genere? Che più assurda di così non si può? D'altra parte, la-situazione-Fusèkis era una delle più assurde che mi venissero in mente. Loukàs nella Audi aveva detto che si chiamava «Nikolas», il copywriter. E Fusèkis, anche se dava sempre un cognome diverso, in tutti gli scherzi diceva di chiamarsi «Nikos». Ma era possibile? Che dicesse anche i suoi veri indirizzi? Se ne sbatteva COSÌ TANTO? Probabilmente era andata così: a fine anni Novanta registra i famosi undici scherzi. In quello della pizzeria dice il suo vero indirizzo, Aghìou Meletìou 32. Perché non gliene importa. Ha diciotto anni, non è ancora possibile risalire al numero che ha chiamato, e lo dice senza riflettere, così, perché gli viene in mente quell'indirizzo e lo dice. Vuole anche impressionare le persone che sono con lui, perché in sottofondo si sentono sempre dei risolini femminili e lui vuole fare il tipo sgamato, che corre rischi. In quel periodo ha telefonato anche a un sottomarino della Marina Militare, reggendo il gioco per mezz'ora... Poi traslocano. In via Karneàdou, a Kolonàki, quartiere più chic. Qualcosa sarà successo, avranno fatto i soldi. Siamo nel 2000, molti fanno i soldi, niente di strano. Oppure va ad abitare con dei coinquilini, che ne so. Negli scherzi registrati qualche anno dopo fa di nuovo finta di ordinare la pizza, questa volta però non è più così noncurante, ma siccome continua a essere una persona impulsiva, un po' psycho, dà QUASI il suo indirizzo. E fa una battuta che capisce solo lui, perché la vede ogni giorno all'angolo della strada di casa: ΚΑΡΝΕΛΛΟΥ anziché ΚΑΡΝΕΑΔΟΥ. Ci crede. Lui abita lì. In via «Karnèllou». Da qualche parte dentro la sua testa dice la verità, e così continua a essere un tipo sgamato.

Karneàdou 20, dunque. Un condominio enorme situato tra una minuscola enoteca con la pubblicità del whiskey Talisker e una libreria con *medical – pharmaceutical – health books*. Sui campanelli, una quindicina di nomi. Cercai di ricordarmi uno per uno tutti gli strani cognomi che usa negli scherzi. Fusèkis, Nikos Koùkos, Nikos Matsablòkos, Nikos Kavourdoùkos, Nikos Kardivoùrkos... Nikos Koròmbos, il migliore di tutti. Nikos Kavourdìris e, nello stesso scherzo, Nikos Kàlandas. In un altro invece, in cui fa finta di telefonare dalla Narcotici per informare un qualche disgraziato che suo figlio Ghiannàkis è coinvolto in una associazione a delinquere «a scopo animale», dice di chiamarsi «Nikos Kàlandas figlio di Kavourìdis Kostas»... Poi mi sembra che dica Nìkos Matsaboùkas, o una cosa simile, e una volta usa «Ghiòrgos Imbukas», che forse intendeva come un soprannome ma non si sa mai. Negli ultimi scherzi postati su Reddit dice Nikos Varthalìtis e Nikos Derèmbeis di Nikolaos terzo. Ah, giusto, doveva esserci anche un Nikos Tsitsopoulàkis da qualche parte. I nomi erano quelli. I campanelli erano al buio e li guardai con la torcia del cellulare. Mi fermai al terzo piano senza credere ai miei occhi. Fino a quel momento consideravo la mia teoria ben più che tirata per i capelli, pensavo fosse dovuta in parte alla mia testa in fiamme e ritenevo scarsissime le possibilità che stesse in piedi, forse pari a zero. E invece: «Elisa Kavourdìri».

Corrispondeva tutto. Era l'unico cognome che ripeteva in due scherzi diversi. E quel cognome rarissimo stava su un campanello in via Karneàdou 20. Non poteva essere una coincidenza. Il famoso «Fusèkis» si chiamava

Nikolas Kavourdìris. Forse dopo gli scherzi si era messo con una, o forse no, aveva condotto una vita bella e pacifica, forse a Kolonàki, forse altrove e anni dopo, con un altro stile e un altro modo di parlare, ma sempre con lo stesso incredibile *flow*, e vai a capire perché, per quale perversione o quale amara sconfitta, era andato a bussare alla porta dello GNIE. «Ci ha trovato lui. Non gli interessava vincere. Non era ideologico. I migliori copywriter sono quelli che non ci credono», aveva detto Loukàs.

D'altra parte questa era la mia generazione. Gente che per il rotto della cuffia aveva fatto in tempo a vivere l'ultima epoca bella e libera. Cicladi a 1500 dracme il biglietto e non-devi-pensare-a-niente, un po' di musica seria e letture serie, appunti a matita e con l'evidenziatore, discussioni al buio su un futuro che esiste e domani sarà nostro perché il '90 ha stile e qualcosa si muove e il suo trash non ci avrà, su un futuro che noi gliela faremo capire, che metteremo con le spalle al muro, un po' dopo il cyberpunk e un po' prima dei cellulari, l'ultima generazione che ha vissuto esperienze di massa prima di passare alla sopravvivenza, l'ultima che è stata essa stessa immagine prima di diventare spettacolo, che si è presa un po' meno sul serio di tutte le altre, così, perché poteva farlo. Darkettoni con arroganza e talento andati molto vicino a capire qualcosa di importante che alla fine non hanno capito, che un po' hanno preso dagli Ottanta e spizzicato dai Settanta, ma poi hanno vomitato tutto una notte del 2002 durante una festa all'università dopo l'ultimo trip di cui non hanno mai capito che sarebbe stato l'ultimo e oggi ancora lo cercano tra keta e coca, nelle palestre con la faccia attaccata al culo di un millennial che corre sul tapis roulant due metri davanti a loro e smadonnano, in apericena wannabe con amici internazionali, *developers* e story con il filtro, figure dotate di un certo carisma e fulgore che lungo la strada in un modo o nell'altro hanno sbroccato, si sono spente, si sono perse. E hanno fallito, si sono arrese alla solitudine o al potere, oppure a tutti e due: un mattino nell'ufficio di un pubblicitario molto *cool*, alla reception di un Paese che marciva di minuto in minuto, con un algoritmo deprimente che ormai gli dice chi sono e chi non sono, inchiodati per sempre a una poltrona di design come disabili con l'ironia costante come unica arma, in un bar con l'implacabile Negroni e la vacua tensione, immersi fino al collo nella broda sociale di merda. Guarda Plaskovìtis, guarda Fusèkis, persino Tsechlentìdis… Guarda Manos. Guarda me. Basta questo: guarda me.

«E quindi?» chiese Kalìsta.

«Quindi forse non scriverò niente sui disegni a carboncino fatto con le ceneri, perché qui finisce la mia relazione con lo GNIE. Questa è la casa del precedente copywriter.»

«Cosa?»

«O di sua sorella, o di sua moglie o di sua madre… Anche se non abita qui, se in questo momento non sta lì sopra, al terzo piano, a leggere di dark web e teoria politica contemporanea o a menarselo proprio nell'istante in cui stiamo parlando, perché è probabile che non ci sia, ma non si sa mai, l'anello mancante è questo. Un indirizzo molto più recente di via Aghìou Meletìou. Vedo persino buganvillee in fiore sul terrazzo. Qui ci vive qualcuno,

qualcuno con lo stesso cognome, che di sicuro ha un legame con lui. Da qui, con l'accesso che hanno a sistemi e servizi, lo possono localizzare in fretta.»

«Ma come è possibile? Come lo sai?»

«Lo so. È successo. Come uno stranissimo incidente. Un colpo di sfortuna.»

«Ma no, è impossibile. Se era così semplice *l'avrebbero trovato*. Non hai capito quanta gente hanno messo a...»

«Non è semplice per niente, ma non te lo posso spiegare. Non ti convincerei, non serve che io ti convinca e farlo non mi interessa.»

Rimase per un po' in silenzio e corrugò le sue folte sopracciglia.

«E?» disse dopo un po'.

«Poteva stare attento. Invece ha rischiato. In fondo non gli faranno niente, si limiteranno a riprenderselo. Non avrà nessun problema. E se ce l'avrà, che ci possiamo fare, queste cose vanno così.»

«Intendo, se è vero tu cosa farai?»

«Ah... Intendevi questo "e?"»

«Sì.»

L'ingresso deserto del condominio, il silenzio tombale di quella via secondaria, il fragore lontano di Atene e le sopracciglia di Kalìsta. Avrebbe potuto tradirmi. Era facile. Mi avrebbero ammazzato dopo avermi strappato le unghie a una a una per farmi parlare della procuratrice, cosa che avrei fatto nel dettaglio prima ancora di mezza unghia. In quel momento però non dava a vedere niente di simile: non mi minacciava, non stava negoziando niente. Perché lei non era così. Stava solo pensando accigliata a cosa fare adesso che le avrei detto addio mentre aveva solo ventiquattr'ore davanti a sé prima che quel perverso di suo padre facesse la pace con Tsechlentìdis e la piccola breccia di speranza che si era aperta si chiudesse per sempre.

Il silenzio tombale di quella via secondaria, il fragore lontano di Atene e la fine di un'epoca, l'arido requiem della mia generazione, così, un sabato sera con la febbre, sotto casa di Fusèkis. Fanculo. Ognuno per sé. Valeva solo questo. Questo e nient'altro.

«Cosa farò io?» dissi. «Andrò all'edicola davanti alla fermata della metro, comprerò quattro pacchetti di sigarette, due bottiglie d'acqua grandi, qualche sacchetto di patatine, qualche succo, due tre brioche confezionate, magari, sicuramente delle aspirine, lì forse hanno anche gli occhiali da sole, ne prenderò uno o due paia, salirò in macchina e mi farò un viaggetto in Messenia, visto che lo dico da tempo ma rimando sempre. Se non hai niente da fare, vieni anche tu. Voglio parlarti di un'ottima idea che mi è venuta poco fa.»

Kalìsta sorrise.

«Ho portato gli occhiali», disse.

27

Stavamo arrivando alla fine del quartiere di Haidàri per sbucare sul porto di Skaramangkàs ed era l'alba del primo giugno 2022. Tra poche ore il processo a Johnny Depp sarebbe finito e io mi sarei perso l'annuncio in diretta del verdetto, perché sarei stato ancora al volante in un punto imprecisato del Peloponneso, direzione Filiatrà. «Cinque chilometri dopo Filiatrà, verso Gargaliàni.» Alla nostra sinistra, sullo sfondo, la fluorescente città notturna delle raffinerie, con le innumerevoli luci, i fari, le gru, i tubi e le ciminiere con le fiamme altissime. Quanto tempo era che non vedevo il mare? Mesi. Dall'estate scorsa. Ed eccolo adesso, immobile nel buio elettrico di Elefsìna, l'antica Eleusi.

«"Stacey"? Ma sul serio? Quelli mi chiamano "Stacey"?»

«Sì. Stacey di Stanford.»

«No, vabbè, quelli non sanno neanche cosa... E tu *lo sai* cosa vuol dire Stacey?»

«Bionda, sexy e tutt'altro che sprovveduta?»

«Ahah! Sì, *molto* all'incirca... Fai conto che prendono tutte le stronzate che trovano nei forum degli incel e nei video dell'alt-right e le ripetono in loop per far vedere che sono aggiornati… Stacey è la bionda con le proporzioni perfette, una che appena la vedi vuoi farci dei figli, ma lei ti rifiuta sempre perché a te preferisce il "Chad", cioè il maschio alfa. È la fissa principale dei… di quelli… Come li chiameresti gli incel in greco?»

«Sottoni?»

«Sì, ma è nella cultura del web…»

«Sottoni con la 5G?»

«Ahah!» rise Kalìsta battendo forte le mani. «Vabbè, sai a te come ti chiamano?»

«Chi?»

«Gli scemi. Ne parlavano con Eleni quando sei andato via.»

«La Eleni Fikàrdou con i laccetti?» dissi, e sistemai lo specchietto.

«Sì, lei.»

«Dimmi.»

«Che sei un Sigma.»

«Cioè?»

«È la nuova parola *out there*. Sigma è il lupo solitario. Quello che sta fuori dal sistema del maschio alfa, fotto e meno, e del maschio beta, sono un pelo sotto ma ho i miei vantaggi eccetera. È di difficile accesso, è imprevedibile e non sta alle stesse regole che…»

«Sai una cosa?» dissi senza staccare gli occhi dallo specchietto. «Gli scemi potrebbero essere molto vicini a noi.»

«Eh?»

«È da un bel po' che ho una macchina nera cento metri dietro di me. Ho cominciato a vederla a Thiva. A volte la perdo, poi ricompare. Voglio dire che forse è la Audi e che forse in questo istante siamo proprio fregati.»

Si girò a guardare.

«Sei sicuro che sia sempre la stessa?»

«Quasi sicuro. Rallento, rallenta anche lei. Accelero, accelera.»

«Io però adesso non la vedo... Non è possibile, Krokos. Non ci seguirebbero con la stessa macchina...»

«Non so cosa farebbero o no, ma quella sembra seguirci. Anche in centro per un bel po' ho avuto una macchina nera dietro.»

«Sì, ma non impazzire. La metà delle macchine sono nere. E adesso ti dico che sono cinque minuti che non vedo niente.»

Forse. Forse era un'altra e non mi stava seguendo nessuno. Forse ero troppo insonne e distrutto per contare macchine nere all'orizzonte. Bevvi un po' d'acqua. Kalìsta si rigirò a guardare davanti.

«Dopo l'Istmo di Corinto guidi tu», dissi.

«Nessun problema. Quand'è che mi parli della tua idea?»

«Prima ho un'altra cosa da dirti. La Charìtsi. Il video. È dentro la sua testa.»

«Come dentro la sua testa? Ma se l'ho visto?»

«È una sua fantasia. Che non ha mai rivelato a nessuno. Così dice. E in qualche modo Tsechlentìdis le è entrato nella testa. Per questo mi ha coinvolto, per capire come ha fatto. Che il video in sé esca non le importa, se ne sbatte. È convinta che abbiano tra le mani una qualche tecnologia avanzata, una cosa simile. Cioè, forse TUTTI i video che hanno sono fatti così.»

«Ma questo non è possibile. Non è possibile e basta.»

«Possibile o no, Tsechlentìdis ha cominciato a dirmi che Patriarchèas in qualche modo è coinvolto in questa storia. Per questo sto andando lì, capito? Per questo ci stiamo andando.»

«Tranne se...» continuò Kalìsta, che era andata in fissa, con quello che sentiva. «Tranne se la tecnologia del deepfake può essere in qualche modo connessa con l'elaborazione dei dati... Tutti i tuoi dati, diciamo: quello che hai cliccato, i porno che hai visto, i like che hai messo... Per trarre conclusioni da sola... In modo automatico.»

«Allora perché questa cosa non la vediamo succedere di continuo?»

«E chi ti ha detto che non la vediamo?» disse Kalìsta e scartò una brioche. «Per la precisione, chi ti dice che se succede di continuo noi ce ne accorgiamo? Sai cos'è la *simulation hypothesis*?»

La guardai storto.

«È una teoria seria della filosofia contemporanea», disse e addentò mezza brioche. «Dice che... più creiamo una realtà fittizia sempre più perfetta», continuò masticando, «più AI e simili si evolvono, più aumentano le possibilità di vivere in una realtà già fittizia, creata da qualcun altro. E qualunque cosa si possa pensare è stata prevista nell'ambito di questa *simulation*, che è basata su processi algoritmici, si suppone. E sui modelli dei giochi, dagli scacchi fino ai videogame. La teoria è di uno svedese, non mi ricordo come si chiama.»

«Cioè sarebbe tutto un deepfake. La città di Megara, la Audi nera, la tua brioche, il Peloponneso...»

«Non tutto. Solo quello che vedi tu. Quello che vedi è

il deepfake di un'altra cosa che da qualche parte esiste ed è quella "vera".»

«Sì, occhei... E a noi cosa dice adesso tutto questo? Li hai sentiti parlare di questa teoria lì nel Gruppo?»

«Assolutamente no. Non parlano di queste cose. Ti sto dicendo che non sai mai se quello che vedi è un deepfake o no, perché anche *tu* puoi essere un deepfake.»

«Va bene», dissi. «Ne dai una anche a me?»

Kalìsta mi passò una brioche ripiena. Cominciai a mangiare. Forse la febbre stava salendo di nuovo.

«I deepfake mi fanno venire i brividi», disse. «Si suppone che siano scherzi, e *molto* impressionanti, e verosimili... Ma se li guardi per abbastanza tempo qualcosa ti fanno e ti si impalla il cervello. Come se arrivassero da altrove. Come messaggi da un altro mondo.»

«Che cosa si vede?» chiesi.

Mi guardò. Non chiese niente. Aveva capito cosa intendevo. Si girò di nuovo in avanti, verso la strada sempre più dritta e lunga e verso il primo grande cartello per Corinto che apparve sopra di noi. Prese a parlare.

«È in un luogo chiuso... Lei e altri tre, forse anche quattro... Sta seduta su un piccolo sofà, uno di quei vecchi divani letto... A dire il vero è tutto vecchio, tutto *old style*: tende di velluto, grandi cuscini, un vecchio parquet che è, sai, ehm... lucidato... E lei indossa solo un kimono molto sottile, trasparente, di seta, non mi ricordo, a fiori... E i tizi sono tutti più giovani, sono ventenni, diciamo, forse anche diciottenni. E si avvicinano... Non in fretta, non è violento... Si avvicinano pian piano, la sollevano con movimenti lenti dal sofà e la distendono per terra. Lei non oppone alcuna resistenza. Le slacciano il kimono, le aprono le gambe e le tengono aperte, si chinano sopra di lei e cominciano a osservarla da molto vicino. Come se la esaminassero. Ma senza farle niente. A volte la accarezzano appena, sulle gambe, sul petto, senza smettere di guardarla da molto vicino, soprattutto tra le gambe. E dopo poco lei, ehm… *Sai*… Quello.»

«Viene.»

«Sì. Da sola.»

«Occhei», dissi. «Occhei… E non sembra finto, non sembra del tutto fasullo.»

«Per niente. Sembra *verissimo*. Hanno fatto un lavoro pazzesco.»

Quant'erano le probabilità che fosse anche autentico? Che la Charìtsi ci recitasse davvero e che mi avesse coinvolto in una storia ancora più perversa ed estrema, nella terza di tre missioni di fila? Poche. Ma no, cosa dicevo? La sosia l'avevo vista con i miei occhi. Nessuna probabilità. C'erano le stesse probabilità che tutta questa storia fosse un deepfake dall'inizio alla fine: io, i miei libri, il mio eroe, lo scrittore che immaginava il tutto e ci metteva in un altro libro a dire e fare stronzate. Attraversammo l'Istmo. Misi la freccia e presi la prima uscita. Girai in direzione di Epidauro e subito dopo a destra sulla vecchia autostrada. Un cartello diceva *Splash Waterpark Isthmos*. Entrai nel parcheggio deserto davanti a degli scivoli d'acqua gialli e a due file di bandiere greche e dell'Unione Europea. Spensi il motore.

«La tua idea, Krokos.»

«Ah sì», dissi. «Arriviamo lì e mi presenti come il nuovo uomo della tua vita.»

28

Mi arrivò un SMS da un numero sconosciuto. «Oh, dove sei?»

«Chi sei?» risposi.

«Ti sono arrivati i messaggi di prima?»

«Quali messaggi? Chi sei?»

«Sei fuori? Sono tre giorni che ti cerco. Quand'è che mi dirai com'è andata a finire? Quanti giorni ti servono ancora?»

Doveva essere molto veloce a scrivere, quella persona.

«Manos, cazzo, guarda che ti faccio il culo.»

«Chi è Manos? Quanti giorni ti servono ancora? Devi almeno verificare tutte le possibilità. Devi essere sicuro di cosa andrai a fare. Aggiornami. Mi hai lasciato qui così, cazzo.»

Ma quanto in fretta scriveva? Le risposte arrivavano quasi subito. Cosa stava succedendo?

«Di sicuro ancora uno o due giorni», scrissi. E nel momento in cui pigiai per inviarlo, arrivò il successivo.

«Vabbè, ma non puoi saperlo. Potrebbe durare molto di più. Non so come fai. Stai bene? Come va la testa? E i polmoni? Respiri bene? Forte la ragazza, o no? La senti, che sta cantando? In questo momento sta cantando, o no?

Devi verificare tutte le possibilità, Krokos. Tu è questo che devi fare. Verificare tutto con attenzione. E aggiornarmi. La senti come canta?»

Kalìsta stava davvero cantando. Era accanto a me e cantava *American Pie*. COSA CAZZO STAVA SUCCEDENDO?

«Chi sei? Come fai a scrivere così in fretta? Hai le risposte pronte in automatico? CHI SEI?»

«Come chi sei? Io non faccio niente. Non sono io a scrivere.»

«Cosa intendi?»

«Sei tu che scrivi Krokos. È tutto dentro la tua testa. Immagini e scrivi.»

Mi svegliai con un respiro profondo seduto al posto del passeggero. Il sole sorgeva appena dietro a una collina sulla sinistra e Kalìsta guidava la mia macchina cantando a bassa voce *American Pie* con una pronuncia perfetta.

Mi strofinai gli occhi, bevvi un goccio d'acqua.

«Dove siamo?» chiesi.

«Autostrada Tripoli-Kalamàta», disse. «Tra cinque chilometri c'è la svolta per Kyparissià.»

Mi strofinai di nuovo gli occhi, un colpo di tosse secca e indossai gli occhiali che avevo comprato all'edicola di Evagghelismòs. Olivi dappertutto, arnie, ed ex campi di meloni con i pannelli fotovoltaici. Stavamo arrivando in Messenia.

29

Filiatrà. Patriarchèas aveva un villone immenso sperduto in un bosco da qualche parte lì vicino, ma noi dovevamo assolutamente fare una sosta, stiracchiarci, bere un caffè e lavarci la faccia. Mettemmo i cellulari in carica al *Caffè Jenny* e ci sedemmo fuori sulle comode sedie in tubino di gomma, a sciogliersi al sole. Caffè, succhi, toast, e dritta davanti a noi, in mezzo a una piazza triangolare con l'erbetta rinsecchita, una strana riproduzione della Tour Eiffel alta venti metri al massimo, di sbarre di ferro sottili. Non c'era gente: né turisti, né passanti, né niente. Domenica mattina: di aperto c'era solo quel bar e le chiese, con la prima messa e le campane che risuonavano ovunque in sottofondo.

«Ci credi? A questo? Adesso?» chiese Kalìsta.

«Alla Tour Eiffel?»

«Sì.»

«Sì. Credo a tutto. Siamo anche in controluce, potrebbe essere qualunque cosa. E ci crederei in ogni caso. Tour Eiffel? Tour Eiffel. Hanno altra roba simile in città? Torre di Pisa eccetera?»

«Non lo so. Non credo.»

«Non lo sai?»

«Non sono di qui, tesoro. Sono passata solo una volta

da Filiatrà. Ci vedevamo soprattutto a Kalamàta e a Pilos. Nei suoi hotel. E a Evagghelìstria andavamo direttamente, senza fare soste. A volte anche in elicottero. E io spesso volevo scappare di corsa. Figurati se conosco i monumenti della zona.»

«Evagghelìstria è il bosco di cui mi hai parlato? Dove c'è la casa?»

Annuì. Sorbimmo i nostri caffè e continuammo a guardare davanti a noi, verso il sole e la Tour Eiffel.

«Picchia», dissi.

«Sì. Il sole splendeva come?»

«Eh?»

«Nella frase "Il sole splendeva come…", cosa diresti? Se fosse un libro.»

«Niente. Direi "Il sole splendeva". O neanche questo. "C'era il sole."»

«Sì, ma se *dovessi* cosa diresti?»

«Come una lampada da interrogatorio.»

Fece una smorfia acida.

«È una merda», disse. «Brutto. Finto.»

«Il sole splendeva come se spuntasse da dietro la Tour Eiffel a Filiatrà il primo giugno.»

«Pff… Sì vabbè…»

«Ho capito, e tu cosa diresti?»

«Il sole splendeva come il passato.»

«Non è molto meglio. Ma va bene, ci sta», dissi girandomi a guardarla. Si era arrotolata le maniche fin sulle spalle, aveva chiuso gli occhi e aveva buttato indietro la testa: il sole le batteva diretto sul collo e sullo sterno. «Dimmi una cosa.»

«Cosa?»

«Il tuo ex, l'avvocato greco-americano, è Larry Christoforides?»

«Ahahah!» scoppiò a ridere con la bocca spalancata. «NIENTE a che vedere. Ma se ti ho detto che si chiama Ronny.»

«Giusto.»

«Christoforidis è un super avvocato di Boston. Gli uffici della Mesoghìon sono a suo nome e li fa usare a Tsechlentìdis, perché lo GNIE non compaia da nessuna parte.»

«Ok. Una copertura.»

«Esatto. Senza contare che è uno dei suoi mentori politici. Un troll di estrema destra con i capelli platinati e una parlantina assurda, fondatore del magazine online "Viral Aspect", che è la bibbia dell'alt-right. La metà delle cose che dice Alex sono una copia sputata degli articoli e dei video di Christoforidis. Se l'è studiato, l'ha copiato... Un perfetto fanboy», disse. «Ahah... *Christoforides*, all'americana... Molto divertente...»

Continuai a guardarla mentre rideva e parlava. La bocca e il collo in pieno sole.

«Scordatelo, Krokos», disse senza cambiare posizione.

«Sì», dissi. «Senti, adesso dobbiamo capire come faremo a Megalochàri, perché ho vari dubbi e laggiù non abbiamo margine di errore.»

«Evagghelìstria, si chiama», disse. «Il bosco di Evagghelìstria.»

Sulla strada principale cominciavano a comparire i primi furgoncini neri da turismo, assieme ad alcuni ciclisti freschi-come-una-rosa con addosso magliette «Messenia Magica» e tanta buona volontà nei polpacci. Il sole continuava a salire bruciante da dietro la Tour Eiffel. Mi bagnai la testa, finii il mio caffè e ne ordinai un altro.

30

Non era cosa da niente, trovare quel posto, era nascosto. Un bosco in piena regola con strade sterrate che non comparivano sulla mappa. Ogni tanto la mappa indicava anche qualche pendenza anomala, perché il bosco era situato in una gola, con il letto di un fiume, le cascate e tutto il resto. La piccola Seat arrancava. Ci perdemmo due volte e tornammo indietro, altre due ci toccò scendere per spostare legna e massi.

Non avevo risposto ai messaggi di Manos e quello da numero sconosciuto neanche lo avevo aperto, solo ad Argy, che voleva sapere quando avrei inviato i testi, avevo detto che ci saremmo sentiti domani perché avevo il Covid. Adesso esisteva solo quello che mi aspettava. Fosse anche a cinque chilometri all'ora per non bucare le ruote, fosse anche alla cieca o in retromarcia, sarei andato avanti.

Finimmo per trovare una strada un po' più dritta, tutta di pietrisco, che saliva progressivamente verso la collina sopra al bosco e Kalìsta era sicura che fosse la direzione giusta. Un curvone largo, gli alberi che si diradavano appena, salita, salita, un'altra svolta e sbucammo in cima alla collina. Un grande slargo con vista sulla gola, sulla pianura di sotto, sulla costa e sul mar Jonio. Avanzavo lentamente. Sul ciglio della collina e alla fine della strada, che ormai era drittissima, sotto a pini e cipressi molto alti, la villa di Patriarchèas. Di pietra, con finestre strette e un piccolo ingresso con la pergola. Spuntava appena all'orizzonte.

«Da qui se ne vede solo una piccola parte», disse Kalìsta. «È una cosa enorme. Scende su tutta la collina dall'altro lato. E immagina che nemmeno io sono andata dappertutto...»

Il rumore di una macchina dietro di noi e a gran velocità ci superò una cabrio rossa, che all'inizio presi per una BMW coupé, invece era una delle ultime Camaro. Musica, risate e voci stridule, un tipo stiloso con un foulard estivo svolazzante e due tipe in bikini che saltellavano cantando a ritmo la canzone di Snik. «A-MO-RE MI CHIEDI SE È QUELLO CHE PROVO, MI CHIEDI SE HO UN'ARMA ADDOSSO E MI MANDI UN CUO-RE!»

Si fermarono davanti alla villa con una frenata brusca, corsero fuori dalla macchina senza smettere di strillare ed entrarono in casa.

«Tuo papà?» chiesi.

«No.»

«Sei sicura che ci stia aspettando?»

«Gli ho scritto che sono in zona con un amico e sto arrivando e mi ha risposto esattamente quello che ti dicevo "Ti aspetto tesoro".»

«E bravo», dissi.

Guidai fino all'ingresso e parcheggiai in retromarcia, per ripartire più velocemente. Oltre alla Camaro, c'era una Mercedes C200 coupé, una Bronco nuova, una Lancia Flavia in ottime condizioni e una Audi argentata. La Audi mi raggelò al punto che camminando verso la porta la guardavo chiedendomi paranoicamente varie cose, se potesse essere quella nera riverniciata, per esempio, ma era un modello diverso. Non ci rimanere sotto adesso, Krokos.

Passammo sotto la pergola, Kalìsta spinse la porta semichiusa ed entrammo. Era davvero immensa. Molte stanze, una dopo l'altra, con il suono delle voci che si perdeva in lontananza, verso aperture e terrazze che non vedevamo. Una signora ci guardava con un vassoio in mano, sopra al vassoio c'erano acqua e bicchieri con il ghiaccio e accanto a lei una porta aperta che conduceva a un piccolo locale, simile a una stanza di servizio o a un posto di guardia. Dalla stanza proveniva una profonda voce maschile che mormorava «Eddai troia prendile, eddai prendile bollicina cazzo». La signora ci guardava con un sorriso imbarazzato come a dire «prego non fateci caso», mentre accanto continuava la litania dei «prendile». Kalìsta corse ad abbracciarla.

«Tatiana!»

«Benvenuti, benvenuti! Bevete un po' d'acqua che vi rinfrescate», disse la signora con un accento indefinibile.

Al contempo fece capolino dalla porta un tizio immenso, due metri per tre di spalle, un bisonte bello e buono, che andò sorridendo anche lui ad abbracciare Kalìsta. In mano aveva uno schermo enorme con un videogioco, di quelli dove devi far scoppiare delle file di bolle. *Puff, puff, puff.*

«Tatiana, Roy… Michalis», disse Kalìsta.

«Salve», dissi e presi dell'acqua dal vassoio. Una bottiglietta blu con un fiore rosso sull'etichetta e la scritta Fiji Water. Dove l'avevo già sentita, la Fiji Water? Fresca e vellutata.

«Il signor Aris ti aspetta impaziente da stamattina», disse Tatiana.

Lo sguardo inespressivo e glaciale di Roy su di me diceva chiaramente che in ogni momento, alla minima stronzata, ammazzarmi non sarebbe stato un problema. Lo salutai con due dita sulla fronte. Non reagì.

«Vieni», disse Kalìsta e ci inoltrammo dentro la villa. «Non ti preoccupare, Roy è a posto.»

«Ah sì? E tu dillo però, che mi confondo, questo cambia tutto.»

«Senti», disse e si fermò al centro di una sala di passaggio con divanetti lunghi e stretti.

«Cosa?»

Non parlò. Si limitò a guardarmi, restò per un secondo davanti alla mia faccia, mi prese per la nuca e mi baciò sulla bocca. Due cose che successero insieme: primo, pensai che Kalìsta non era uno e ottantacinque, come mi ero detto all'inizio, ma uno e ottantadue al massimo, perché quasi non si era dovuta chinare; secondo, un'incredibile energia calda mi trafisse il corpo come una pozione magica, e poi arrivò una seconda ondata di elettricità, perché adesso ci stavamo baciando con la lingua.

Restammo per un po' immobili con le labbra unite, lì accanto ai divanetti, con l'eco lontana delle voci stridule, l'impressione che Tatiana e Roy alle nostre spalle ci stessero osservando e il colore del mare che entrava dalle finestre strette. Aprii gli occhi senza ricordarmi esattamente quando li avevo chiusi e guardai i suoi. I suoi grandi occhi sotto alle sopracciglia castane.

«Andrà tutto bene», disse. «Andiamo.»

Che bel posto era la Messenia.

31

In quella casa c'era molta gente. Il gruppetto della Camaro erano un ex presidente di regione con «due amiche». Un altro tizio allegro con un cappellino si aggirava ovunque scattando foto e girando video con il cellulare, senza che nessuno sapesse cosa ci facesse lì. Quando ci parlai capii che doveva essere una specie di influencer, che nei giorni precedenti era in vacanza gratis in uno dei cinque stelle di Patriarchèas sulla costa, a postare materiale sui social. Si era informato sui resort «più speciali», un manager locale gli aveva dato per sbaglio la posizione della villa e lui ora pensava di trovarsi in una qualche destinazione *premium* e di essere in qualche modo invitato. Patriarchèas non l'avevamo ancora visto, era «di sotto», il che non sapevo cosa volesse dire, per il momento, finché qualcuno del personale disse a Kalìsta che nel «parcheggio sotterraneo» era appena arrivata una macchina con Maro e Vicky e lei mi guardò con un panico che riconobbi solo io, perché erano le sue cugine, a quanto pare, e adesso era probabile che avrebbe dovuto passare del tempo con loro, com'era normale, forse anche andare a fare una gita, passando «dall'altra strada» che portava a un villaggio, Valta, e da lì giù in spiaggia, ma non prima di aver visto papà e di avergli parlato, senz'altro non prima di averlo visto. La casa era un labirinto, con spazi asimmetrici che scendevano gradualmente lungo il pendio, i «privé», ali invisibili in cui Kalìsta non aveva mai messo piede e terrazzine nascoste sotto i pini dove si vedevano due o tre figure umane aggirarsi o stare immobili all'ombra. Tatiana e un'altra domestica servivano di continuo frutta, succhi e bevande che arrivavano da una cucina immensa, e un po' di gente era riunita in un doppio salone affacciato su una piscina a sfioro, con le sdraio e alti cactus messicani, mentre intorno ai cactus, invece di nani da giardino, c'erano diverse file di cow-boy dorati. Di sicuro c'era gente anche altrove, ma io non la vedevo. Di gorilla se ne vedevano pochi, c'era solo Roy e altri due più normali, con t-shirt bianche attillate, buttati in un angolo a parlare tra loro e guardare storto l'influencer, che beveva uno champagne alla pesca dietro l'altro e mi si era presentato come «Vìron Fragkoghiannòpoulos», titolare di un account sul lifestyle maschile con «i migliori follower», e che adesso stava di nuovo attaccando bottone con me, mentre continuava a fotografare qualunque cosa senza capire che con le sue stronzate si stava attirando un'attenzione indesiderata, e giù di «la Positano messenica sarà il mio prossimo grande topic», e giù a bere, così bevevo anche io, perché in effetti gli champagne alla pesca spaccavano, ma non quanto lui che li buttava giù a tre a tre, mentre l'ex presidente di regione flirtava con una delle «sue amiche», che si era seduta di traverso su di lui sopra una sdraio, e gridava «Aris! Aaaaris!» mettendole in bocca chicchi d'uva. La vista era panoramica, si vedeva tutto, l'infinito, e la seconda amica del presidente mi stava dicendo che il villaggio con porticciolo che appariva in basso era Marathòpoli e che l'isolotto di fronte era Proti, dietro al quale si diceva ci fossero i dentici più grandi mai visti, e molte altre cose che non ascoltavo perché pensavo a come avrei fatto a beccare il padre da solo, perché quella storia esigeva un tête-à-tête, ma in quel momento salirono in terrazza da una scala laterale esterna, strillando istericamente il nome di Kalìsta, Maro e Vicky, capelli appena fatti e tre dita di trucco, tipo vittime di violenza, e subito dietro a loro due buffoni che potevano essere i fratelli, o i mariti, o i gorilla. All'improvviso non si capiva più quali fossero i parenti, quali i gorilla, quali le escort e quali gli invitati. Avevano tutti lo stesso stile: occhiali a specchio, orologio patacca e palestra fallita. Solo Fragkoghiannòpoulos si distingueva un minimo con la sua camicia vintage celeste da bowling, e adesso era andato in fondo alla piscina con la seconda *bimbo* del presidente a parlare di Positano, e io dovevo pisciare quindi entrai dentro, imboccai un corridoio e trovai un bagno. Aveva la vista sull'altro lato, sulle montagne. Mi ricordai di Tsechlentìdis con il suo ufficio che dava sull'Ymittòs perché l'Ymittòs è blu granito. Come se da allora fosse passato un mese, invece era solo qualche giorno. Avevi spinto la situazione fin lì, Krokos. Oppure lei aveva spinto te. A un punto di non ritorno, di non senso, di paranoia e basta. Avevi scritto metà del libro, dentro la tua testa, perlomeno. Avevi guidato fino alla fine della strada. E avevi baciato la ragazza. Solo che la storia non sarebbe finita così, perché non finisce mai così. Come in ogni strano sogno che si rispetti, alla fine vedi qualcosa che non dovevi.

Sulle cime dei monti si addensavano le nuvole, si era alzato un po' di vento. Bevvi l'acqua del rubinetto senza sapere se fosse potabile e tornai indietro.

La compagnia si era sfoltita. Vedevo solo il presidente con uno degli uomini che erano saliti con le cugine, una delle *bimbo* e un altro tizio che non credevo di aver già visto. Voci indistinte da sotto, altre provenienti da dentro, musica. Dov'erano andati, dov'era Kalìsta? Tatiana mi disse che l'aveva vista andare verso i «privé». Le chiesi indicazioni su come raggiungerli, presi una bevanda fresca, uscii sulla terrazza della piscina e scesi sulla destra. Umidità. Un falco in alto nel cielo. E il vento più forte. Svoltando sulla scala notai con la coda dell'occhio il profilo di Roy a una finestra, forse quella posteriore del posto di guardia. Da quel punto era un panottico. Da lì aveva sott'occhio tutto il pendio e tutti gli spazi del labirinto. Ci scambiammo uno sguardo, proseguii. Entrai in un altro salotto con dei divani bianchi, salii quattro gradini, ne scesi altri dieci, imboccai un corridoio, sbucai su un palchetto, vidi da lontano Fragkoghiannòpoulos con la seconda *bimbo* che ridevano mentre lui le diceva «No, non è *sexy hype* il *sexy hype* è finito. Adesso l'hashtag è *authentic life*», poi di nuovo Roy che mi guardava da un altro angolo, il falco che volava immobile controvento. Sbucai in un atrio interno. Quattro tizi, sconosciuti e molto torvi, mi fecero un cenno da un angolo, lo feci anche io, bevvi. Perché farmi cenno? Al centro dell'atrio una vasca da bagno di pietra, molto vecchia, sbeccata qua e là, forse antica. Continuai verso una porticina, scesi una scala. All'angolo, Kalìsta. Mi abbracciò. Lo aveva visto. Gli aveva parlato. Ero il suo ragazzo ed era una cosa seria. Mi stava aspettando. Io dovevo proseguire e lei se ne doveva andare. Adesso. A Valta con Maro e Vicky. E mi avrebbe aspettato lì. Lì dove? E perché doveva? La vidi salire la scala lentamente e mi chiesi se l'avrei rivista. All'improvviso la febbre era salita di nuovo, *tic tic* contro il cranio, ma l'adrenalina mi rimetteva in pari. Bevvi. Continuai. Ora mi trovavo su uno slargo che era una cosa sola con la roccia, come una terrazza scolpita, con agavi e limoni, e in mezzo altri resti archeologici, lastre verticali, una giara immensa, e lì non sentivo più nessuna voce, né risate, né musica, vedevo solo il falco in alto nel cielo, e avanzai chinandomi sotto un arco, scesi un'altra scala esterna come se stessi davvero scendendo una montagna e rientrai all'interno dell'edificio dalla prima porta che mi trovai davanti, senza sapere bene se ormai ero arrivato nel posto giusto. Una piccolissima cucina. Davanti al lavello, un sessantenne alto con una camicia gialla si asciugava le mani con uno strofinaccio. Lo appoggiò sul bancone, girò lentamente il corpo e mi guardò con due glaciali occhi azzurri.

«Cosa mi hai portato?» disse.

32

Non aveva preso niente da sua madre. Modello Patriarchèas da cima a fondo. Occhi, sopracciglia, fronte, mento, mani, corporatura. Nessun tic, nessuna postura, una forza calma e una sicurezza folgorante, del genere tre parole bastano a dirti che ne so più di te. Con tre parole ti dico chi sono io e chi sei tu. Aveva però una durezza incredibile, diretta, asciutta, e quella era solo sua. E un grosso anello con una pietra viola che per qualche ragione mi faceva pensare al bracciale d'argento della Charìtsi, quello che nascondeva il suo tentativo di suicidio. Pronunciavo i nomi tra me e me come per non confondermi, *Sofia Charìtsi*, la procuratrice, il video malato in cui se la scopano senza scoparla, la ragione per cui sei qui, Kalìsta Patriarchèa, la peluria impercettibile attorno alla bocca e il collo sudato al sole, il nome che eri venuto a pronunciare molte volte, ma adesso dovevi dire altro, perché Aris Patriarchèas pensava a tutta velocità e sapeva che non eri lì per prendere qualcosa, ma per dargli qualcosa. Dovevi cominciare dalla fine.

«Un'informazione. Che devi avere qui e ora.»

«Sì...» rispose calmo.

«Tsechlentìdis. Ti ha incastrato.»

«Sì...»

«La protezione che viene a proporti, per la storia dei fertilizzanti, è una trappola. Rimarrai con le spalle scoperte, ti verranno a cercare e subirai un attacco.»

Fece un sorriso impercettibile. Prese due bicchieri da vino che si asciugavano accanto al lavello, li girò, aprì il minibar e tirò fuori una bottiglia senza etichetta.

«Perché lo farebbe?» chiese riempiendo i bicchieri. «Grazie a me può ottenere molto.»

«E lo otterrà. Poi in un secondo tempo sparirà e tu verrai attaccato.»

Bevemmo. Era *tsìpouro.** Non mi credeva. O forse sì. Non sapevo. Aveva lo stesso immutabile sorriso, che stava lì, appena accennato. E pensava.

«Vieni, ti faccio vedere una cosa», disse, e prese con sé la bottiglia.

Uscimmo fuori. Le nuvole si erano addensate, stava arrivando la pioggia. Imboccammo una stradina esterna, un muretto a secco lungo e stretto con lastre di marmo sparse, sbucammo su una scala sulla destra. In lontananza si sentivano di nuovo delle voci, da qualche parte. Non avevo idea di dove cazzo fossimo, di quanto era lontana la macchina. Patriarchèas si fermò davanti a una lastra semisepolta.

«Sai cos'è questo posto?» disse.

«Cos'è?»

«Un regno. Un regno molto antico. Tutto quanto.

---

* Acquavite bianca di vinaccia. A parte la regione di provenienza, a oggi non c'è una differenza sensibile tra questo e la *rakì*. [N.d.T.]

Quello che vedi da qui fino alla costa e poi a sud fino a Pilos. E proprio qui dove ci troviamo adesso è un'antica necropoli.»

«Qui sulla collina?»

«Sì. Era un altopiano un tempo, ma la metà è franato, il sottosuolo è collassato. Durante un forte terremoto nel Medioevo. Così si è formato questo pendio scosceso e la gola di sotto. La necropoli è scomparsa per sempre ed è rimasto solo ciò che stava al centro, che adesso è il ciglio del dirupo. Cioè precisamente dove io ho costruito. Accanto agli antichi morti. Sai, più della metà della casa è scavata nella collina. E non si vede da nessun punto. Né dalla strada, né dal mare né da nessun centro abitato. Si vedono rocce, pini e vegetazione, si vedono muretti a secco, ma la casa no. Perché il re è invisibile. Sai chi è il re?» chiese e versò un altro *tsìpouro*, prima per sé poi per me.

«Paolo di Grecia?» dissi. Sei veramente un cazzone, Krokos.

Patriarchèas però rilassò un po' il mento e sorrise davvero. Poi lo serrò di nuovo con un sorso di *tsìpouro*. Camminò qualche metro più in giù, si fermò davanti a una porta metallica e si girò di nuovo a guardare la vista.

«Sì, persino lui... Tutti gli uomini a un certo punto della loro vita credono di potere essere dei re. E alcuni di loro credono di poter essere IL re. Questo crede, per esempio, Alèxandros Tsechlentìdis. Crede di stare molto in alto e di stare dappertutto, crede che il re sia quello con le conoscenze, con la rete migliore, con i potenti all'altro capo del filo e quello che ha molte scelte, che ha accesso diretto al denaro... Cose così.»

«E invece?»

«Invece cosa? Re non è chi ha il denaro, è chi ha le armi. È sempre stato così e così sarà per sempre: le armi», disse aprendo la porta. «Vieni.»

Entrammo di nuovo all'interno. Un corridoio stretto perpendicolare al muro esterno, come se entrassimo dentro la collina con la temperatura che precipitava di brutto a ogni passo. Camminavamo rapidi verso le viscere di qualcosa. E mentre avanzavamo per sbucare in uno spazio più grande e a me erano venuti i brividi, Patriarchèas continuava a parlare con la sua voce bassa.

«Scendere quando ti pare in pianura, in città o dove diamine abita la popolazione ed essere benvoluto: ti baciano le mani, ti offrono le loro figlie e i loro figli. Per rispetto e paura. Sei mai stato con una donna che ti è stata offerta per rispetto e paura? Per rispetto e paura dalla sua gente?»

«A dire il vero non credo.»

«Non sai cosa ti perdi. E vedi di scoprirlo, perché vuoi o non vuoi andrà così. Torneremo a questo. Al vecchio ordine, al vecchio potere. Quando un giorno il comando centrale crollerà e i sistemi e le reti cadranno, finirà quest'onta generalizzata e ciascuno tornerà a essere se stesso», disse. «Eccoci.»

Eravamo sbucati in un'enorme sala su due livelli. Al centro c'era una scala mobile e giusto accanto, senza niente a dividerle, una scala normale con dieci o dodici scalini. Come cazzo avevano fatto a costruirla, a portare tutti quei materiali fin lì, dentro alla montagna e, soprattutto, perché? Per qualche disabile? E come ci sarebbe arrivato fin lì? La luce naturale entrava solo da un'apertura in alto. C'erano vecchi mobili, poltrone, un tavolo basso, una credenza... Su una poltrona l'ex presidente di regione, accanto a lui, in piedi, una delle sue amiche e un po' più in là due bestioni, forse due gorilla. Sulla credenza erano appoggiati cinque o sei fucili subacquei. I grilletti mi fecero pensare alla litania sulle «armi» che mi andava ripetendo Patriarchèas. Ecco, mi avrebbero eliminato con un fucile subacqueo perché sapevano che dicevo bugie. Bugie stupide e semplicistiche. Dov'ero? Verso dove avrei dovuto mettermi a correre quando sarebbe arrivato il momento?

«Voglio di nuovo la scala!» disse la *bimbo* con fare capriccioso.

«Adesso, adesso...» le disse il presidente.

«INOLTRE», gridò Patriarchèas, e nella sala con il soffitto alto la sua voce risuonò, «il re riscuote le tasse quando vuole. I calendari portafortuna li conosci?»

«No.» Avevo paura. Per davvero. «Io sono venuto solo a dirti che...»

«Chi è quello?» sussurrò la tipa indicandomi.

«È semplice. Ogni locale in Messenia deve averne uno. Sono da collezione. Li mando gratis, devono appenderli e quando voglio passo a ritirare il valore nominale più quello da collezione, dodicimila euro, se sul muro non c'è, il locale ha un problema. Assicurazione contro gli incendi. Calendario portafortuna. Così», disse e si tirò su le maniche. La *bimbo* batté le mani. «Mi ha incastrato COME?» continuò Patriarchèas gridando. «LO GNIE. Parla!»

Uno dei gorilla andò verso la scala mobile.

«Eh... Non lo so esattamente», dissi. «C'è di mezzo

una procuratrice. A quanto pare si sono messi d'accordo con lei e…»

«Che procuratrice?»

«Non lo so… Non ho capito…».

Restò per un po' immobile con gli occhi glaciali che andavano su e giù. Era tutto sbagliato. Avremmo dovuto essere da soli, senza altra gente intorno. Ma la situazione era questa, avrei giocato con le carte che avevo.

«Signor Aris?» chiese il gorilla.

Patriarchèas gli fece cenno di sì. Il gorilla pigiò un bottone e la scala si mise in moto. Saliva. La *bimbo* lasciò il presidente e corse verso la scala. Era proprio bassina, un metro e mezzo, non di più. La seguì anche Patriarchèas, a passi lenti. E continuò a urlare.

«ASPETTA UN ATTIMO, CE L'HO, UNA SOFIA CHARÌTSI? CHE A QUANTO PARE GLI DÀ LA CACCIA?»

«Sì, il nome mi dice qualcosa…»

«E QUESTO VUOL DIRE CHE… SÌ SÌ… QUEL DISCORSO DI UNA DECINA DI ANNI FA, AH MAMMA MIA… COSA MI DICI ADESSO…»

Mentre parlava salì sulla scala mobile con lo *tsìpouro* nella mano sinistra e restò fermo. La tipa minuscola cominciò a salire accanto a lui la scala vera. Lui allungò il braccio destro, la palpò, le infilò la mano dentro al costume e così salivano allo stesso tempo, con la sua mano che quasi la sollevava mentre saliva.

«Sono un bravo ragazzo?» le chiese.

«Sei proprio un bravo ragazzo», disse lei.

«E forte, per te.»

«Sì, e forte per me. Così… Bravo, bravo…»

Gli altri non facevano niente. Arrivarono in cima, lei scese di nuovo giù saltellando, Patriarchèas strinse il pugno, se lo mise sotto il naso e inspirò profondamente con gli occhi chiusi. Li riaprì, bevve lo *tsìpouro*.

«Dai, fai un giro anche con il mio amico... *Michalis*, giusto?» disse scendendo piano piano.

«Ma, non mi va, graz...»

«Rifiutare non è gentile. Dai, non avere paura. Si chiama Rania ed è un'amica.»

«Dai su, vieni, non mordo», disse Rania.

Il presidente aveva un inamovibile sorriso di disgusto, con le labbra chiuse e gonfie come se stesse sempre mangiando cioccolata fondente al novanta per cento. I gorilla aspettavano e anche Patriarchèas. Mi grattai la nuca. Mi avvicinai.

«*Così*», disse.

«Lei gli dava la caccia, ma adesso hanno trovato un accordo. Le vende te e così sono pari», dissi, e misi un piede sulla scala mobile.

Rania cominciò a salire gli scalini, allungai la mano e la appoggiai in alto, sull'elastico del costume. Patriarchèas salì anche lui dietro di me.

«E tu queste cose come le sai?»

«Tsechlentìdis parla. Soprattutto quando si fida. E si vanta di tutto. Come del fatto che riuscirà a farti il culo e tu neanche capirai com'è successo.»

«Questo può avere un senso», disse. «Ma forse anche no. Forse anche no... Cerco di capire, mio caro Michalis. Chi sei tu in tutto questo. E chi è la Charìtsi.»

Arrivammo in cima.

«Dobbiamo fare un altro giro, perché non l'hai fatto bene.»

No cazzo, no, pietà... Rania scese correndo, noi piano piano. Si sentirono delle voci soffocate provenire da un punto all'esterno. E un tuono lontano.

Salimmo di nuovo sulla scala mobile. Patriarchèas dietro di me. Allungai la mano, me la prese e me la piazzò in basso sul culo della tipa che saliva più lentamente di prima, facendo resistenza con il peso. La palpavamo in contemporanea, io lei e lui la mia mano.

«Le leggevo le favole», disse a bassa voce. «In una casa di campagna ad Anàvissos dove mi ero trovato per caso, simile a una fattoria, con amici di un'altra vita, molti anni fa. Io l'ho conosciuta lì. Avrà avuto sei, sette, forse otto anni, impossibile che si ricordi... Lo stesso libro ogni sera, lo stesso brano. Rilassava il viso e si addormentava... Favole, capisci? È tutto una favola. Il mondo intero, un'allucinazione senza fine...»

Si aprì una porta al livello superiore ed entrò Roy tenendo per la collottola Fragkoghiannòpoulos che gridava e scalciava, con ancora in mano un bicchiere di champagne alla pesca semivuoto.

«CHE COSA STAI FACENDO? SEI FUORI? MOLLAMI, METTIMI GIÙ!»

«Che succede?» disse Patriarchèas. «Questo chi è?»

«Quello che ti dicevo prima», disse il presidente.

«Ah, giusto. Benissimo.»

Patriarchèas avanzò verso di lui. Subito i gorilla si mossero, salirono in fretta la scala per arrivare prima, si alzò anche il presidente. Roy diede a Patriarchèas un cellulare. Lui lo prese e cominciò a controllare le fotografie.

«Hai postato da qui?» chiese.

«Vuole dire dagli spazi che...»

«Rispondi a quello che ti chiedono stronzo!» disse il presidente.

«No, *niente*. Avevo intenzione di chiedere, in ogni caso... Ma non capisco perché tutta questa violenza, adesso ... Non ho intenzione di addebitarvi niente...»

Scossi leggermente la testa, sia mai che capisse che stava commettendo un grosso errore.

«Di farci pagare, eh?» disse Patriarchèas.

«È quello che sto dicendo, *non* vi farò pagare... Né payroll né niente... Queste condivisioni sono del tutto gratuite, anche i testi e il resto. Parliamo di quarantacinquemila follower. E non chiedo assolutamente niente a parte pernottamento e servizi... Ma adesso ho capito che c'è stato qualche fraintendimento», disse guardandosi intorno, con Rania con il costume mezzo tirato giù, quella scala bizzarra... «E che questo posto è più *private* di quello che avevo...»

«Come sei arrivato fin qui?»

«L'ho detto anche al signor Roy... Stavo al *Nestor Premium Palace* dove, sa, ho fatto un ottimo lavoro, non so se l'ha visto, soprattutto con i buffet, il bar, le cene gourmet, tutto... E lì ho chiesto di indicarmi qualche svago un po' *secret*...»

«Hai fatto il mio nome?»

«Sì... Ma il signore dell'hotel forse non ha capito cosa...»

«Sì, forse. Ci occuperemo anche di questo. Apri tutti i tuoi account adesso.»

«Sui social?»

Nessuno gli rispose. Fragkoghiannòpoulos aprì tre profili e account per far vedere che davvero non aveva postato. Da fuori entrava un gelo, un'aria fredda proveniente dalle montagne, e nuvole nere coprivano il sole. La tipa era scesa giù, alle poltrone, e si era incollata al cellulare.

«Occhei. Dimmi un po', quanti ne hai bevuti di questi?»

«Di Bellini?»

«Sì, quelli.»

«Mah... Non so... Tre? Quattro?»

«Sette, signor Aris», disse Roy. «E infastidiva la signora Kostandìna.»

Da sotto Rania si sbellicò dalle risate, ma non era chiaro se fosse per quello che sentiva o per qualcosa che guardava sul suo cellulare.

«Cosa? No... Ma cosa dice? Stavamo solo parlando... Davvero... Lo giuro...»

«Vabbè Roy, questo non importa», disse il presidente. «È pur sempre un invitato.»

«Esattamente», disse Patriarchèas. «Ma ti addebiteremo le bevande, se non ti dispiace.»

«No, per niente, certo, sì...» disse Fragkoghiannòpoulos, a cui erano presi diversi tic per l'agitazione.

«Allora, i primi due sono offerti, e gli altri cinque sono una ventina ciascuno... Quindi segna per favore una consumazione da cento euro, ok?» disse girandosi verso Roy. «E manda il conto da pagare al bar del *Nestor Premium Palace*. Come se non te ne fossi mai andato da lì, va bene?»

«Sì, certo, signor Patriarchèas», disse Fragkoghiannòpoulos. «Capisco perfettamente. E mi scusi per...»

«Sshh, tutto a posto», disse Patriarchèas.

Roy tirò fuori un cellulare enorme, armeggiò e gli mostrò un QR code. L'influencer lo scannerizzò con il suo cellulare e pagò.

«La ringrazio...» disse.

«Ma per carità», rispose Patriarchèas. «Vieni che ti faccio vedere una cosa.»

Uscimmo tutti in un cortile interno al livello superiore, dove aspettavano i due tizi che erano arrivati con le cugine. Sopra c'era una pergola molto fitta. Un'altra giara, lastre di marmo e un grande pozzo al centro.

«Qui abbiamo trovato le prime tombe», disse Patriarchèas. «Costruendo questo pozzo, quando cercavamo l'acqua, all'inizio. Proprio qui.»

«Quali tombe?» chiese Fragkoghiannòpoulos.

«Qui abbiamo dei resti archeologici, non lo sapevi?»

«No...»

«Sì, sì, molti... Questo un tempo era un regno», disse Patriarchèas, girando l'anello con la pietra verso l'interno.

Subito tutti si avvicinarono a Fragkoghiannòpoulos.

«Incredibile... Se lei vuole, un giorno possiamo fare un topic pazzesco sul tema. Antico regno, vecchio vino, la luce della Messenia. Qualcosa che trasmetta tutto il fulgore e la tradizione di...»

«Sì, caro il mio stronzo, proprio *questo* faremo!» urlò Patriarchèas.

Subito uno dei gorilla piegò Fragkoghiannòpoulos in due con una gomitata nello stomaco, lui cadde sulle ginocchia, Patriarchèas lo afferrò per i capelli e cominciò a prenderlo a cazzotti sulla faccia, un destro dopo l'altro, aveva una forza e un'agilità bestiali per la sua età, da far volare denti, menti, e a ogni colpo aumentava i decibel al massimo.

«Vieni in CASA MIA, davanti alle mie nipoti e a mia FIGLIA, fai il buffone davanti ai miei inviTATI, davanti all'esTRANEO, davanti a mio genERO che è venuto a trovarmi per la prima volTA!»

La metà delle persone si girò a guardarmi con sorrisi trattenuti. Con lo sguardo mimai un «no, macché, io, quando mai», Fragkoghiannòpoulos gemeva a ogni colpo, Patriarchèas l'aveva trascinato sul bordo del pozzo e io non dicevo niente perché non avevo il fegato di Hunter Thompson che lui sì, se le era prese perché aveva detto ma-che-cazzo-fate-stronzi quando uno dei capi degli Hell's Angels aveva picchiato la moglie e il cane, le nuvole correvano veloci, nel cielo il falco era sparito, rombò un altro tuono su una collina lontana e sul cellulare di Roy arrivò un messaggio.

«Venti minuti, signor Aris», disse. «L'elicottero è partito da Atene mezz'ora fa.»

«Benissimo», disse Patriarchèas affannato.

«Gli Tsechlentìdis hanno fretta, fretta, fretta. Tu cosa ne pensi?»

Stava chiedendo a me. Il tempo si era fermato e non ce n'era altro. Tutto era finito. Tutto era al limite, era da molto in ogni caso che tutto era al limite, e adesso eravamo oltre. L'avrebbe ammazzato, l'avrebbe buttato nel pozzo, un altro omicidio, vero stavolta, forse era vero anche il precedente, non l'hai mai capito, non hai mai capito niente, tutto quel delirio e nessun passo avanti, non avevi nulla in mano, fin dall'inizio, solo supposizioni tirate per i capelli oltre il plausibile, finché non esce sangue, come i capelli insanguinati di quel disgraziato influencer che guardava il vuoto con l'occhio appannato, che guardava il pozzo con le tombe, solo supposizioni e tombe e frasi campate in aria, né deepfake né video porno né niente, nessuna speranza di riprendere il filo e salvare il tuo piano in corner davanti a dieci persone, presto altre dieci, perché i cani dello GNIE arrivavano in volo, lo GNIE che non doveva trovarti lì e tu avevi solo venti minuti per sparire, anzi no ma che dici, ne avevi cinque, perché dall'alto la Ibiza rosso slavato saltava all'occhio, solo tu avevi una macchina così, furbone, tu sì che eri un figo, uno della specie Krokos, uno che spacca, e ora tutto questo l'avresti pagato perché le cose erano andate troppo in là ed era arrivato il momento di pagare il conto, così era, tutte le stronzate un bel giorno si pagano.

«Devo andare», dissi guardando il cielo.

Si sentì il rumore di un ferro che veniva caricato, forse anche due. Faceva freddo.

«Hai dimenticato di dirmi una cosa fondamentale però», disse Patriarchèas che si era alzato e adesso era accanto a me, con la sua faccia dura come l'acciaio a venti centimetri dal mio orecchio. «Perché? Non mi hai ancora risposto. Perché mi dovrebbero attaccare? La tua storia non ha senso.»

33

«Pisciategli addosso», fu l'ultima cosa che sentii dire nel cortile alle mie spalle davanti all'influencer privo di sensi, o allora era qualcosa come «tenetelo sotto», ma non credo, forse era uscita dalla bocca del presidente, mentre Patriarchèas mi portava dentro. Mi stringeva il braccio e mi spingeva avanti con la faccia costantemente incollata al mio orecchio, mentre mezzo metro più in là ci seguiva Roy, che di tutta la gang era l'unico più alto di Patriarchèas, e così vedevo metà della sua testa e le spalle fare capolino a ogni passo.

«Ripetila di nuovo chiaro e forte l'ultima cosa che hai detto. Un'altra volta, chiaro e forte. Perché adesso o scappi di corsa, ma ti dovranno bastare i tuoi polmoni, o resti qui in terra per sempre. Parla stronzetto, parla.»

Mi trascinava qua e là come un coglione e mi parlava con un nervosismo assurdo, dopo il primo corridoio e una scala esterna in salita non riconoscevo più niente, erano spazi e terrazze dove non ero mai passato, uscimmo fuori di nuovo, di nuovo lastre di marmo antiche, oltrepassammo dei bidoni della spazzatura enormi e all'altezza di un muro, prima di un passaggio stretto, di colpo mi girò e mi prese per il collo.

«Eccoci qui», disse. «Kalìsta *cosa*?»

«Sì, Kalìsta, *cosa*?» ripeté Roy.

«Kalìsta è il punto», dissi. «Il punto è lei. Lei e nient'altro.»

«Avanti.»

«L'hanno scoperta. Hanno scoperto che l'hai messa lì per controllare la baracca.»

«Chi? Come?»

«Non è colpa sua. Non ha fatto niente di sbagliato. Anzi, era perfetta. Ma Tsechlentìdis la teneva sott'occhio fin dall'inizio. Perché sapeva.»

«Cosa sapeva?»

«Che lo chiami carogna, che ti sei offeso perché un giorno ha detto che eri "suo", che stai cercando un modo per fargli il culo. Era informato. Non so come, non me l'ha detto, ma era informato. Ti parlo di cose che blatera la sera bevendo Chivas e strimpellando la sua maledetta chitarra, tipo che si fida di me, che sono suo amico. E ha messo tutti a seguirla da vicino, a darle solo informazioni secondarie, solo fuffa. La tengono sotto pressione, ma non troppo. E adesso tutto questo, tutta questa storia che viene a venderti, è per riuscire a fotterti prima che tu lo faccia con lui.»

Patriarchèas guardò nel vuoto per un po', poi di nuovo me.

«E tu non lo sei?»

«Cosa?»

«Amico suo.»

«Neanche per idea. Io scrivo testi. Sono entrato per sbaglio, per salvare una...»

«Lo so. Me l'ha detto Kalìsta. Ma politicamente?»

«Eh?»

«Sei d'accordo? Vi trovate? Sei uno dei suoi?»

«E questo cosa c'entra? Cosa...»

«Sono io che decido cosa c'entra e cosa no. Parla.»

Mossi esitante la mano verso i pantaloni. Roy mi puntò subito una canna addosso. Patriarchèas lo guardò per dire che era tutto ok. Tirai fuori il libro che mi ero tenuto per tutto quel tempo nella tasca dietro dei pantaloni. Era malridotto ma ancora bellissimo con in copertina l'onda in bianco e nero e le lettere arancioni in corsivo. *Waves Will Rise*, prima edizione, con una dedica. «Ai formidabili ragazzi del '73 che si riprenderanno indietro il mondo, MK.» Lo diedi a Patriarchèas puntando tutto sull'allucinante coincidenza del 1973: l'anno di nascita di Tsechlentìdis e la rivolta del Politecnico. «Un vecchio collaboratore, sulla sessantina. A quindici anni partecipa alla rivolta del Politecnico, poi sinistra estrema. In seguito ha cominciato a vederla in un altro modo, è rinsavito.» Non avevo mai scritto il nome Alèxandros. Era perfetto. Pronto per l'ultimisssimo giro di roulette russa: che mi prendesse davvero per un povero stronzo, uno stronzo ingenuo che non può fargli alcun male. Patriarchèas lo prese in mano, lo aprì, lesse la dedica. Mi guardò. La lesse di nuovo. Era molto confuso. Anche Roy.

«Non ho detto niente a Kalìsta di tutto questo. Non sa. L'ho conosciuta, mi sono divertito con lei e le ho chiesto solo di portarmi subito qui per parlarti, prima che lo facessi tu con lo GNIE. Perché anche lei è in pericolo assieme a te. Non puoi immaginare cosa dicono di lei, cosa dicono che le faranno.»

I suoi freddi occhi azzurri dicevano che se lo immaginava benissimo. Quello che immaginava si era insinuato in un qualche punto archetipico che esisteva solamente nella sua testa, un punto determinante.

«E adesso», continuai, «ho solo un minuto prima che spuntino dal cielo e vedano la mia macchina arancione. Ecco tutto.»

Con un lento movimento, che dimostrava quanti calcoli stesse facendo contemporaneamente nel suo cervello, Aris Patriarchèas girò di nuovo l'anello con la pietra viola verso l'esterno. Poi strappò la pagina con la dedica, la appallottolò, la buttò nell'immondizia, piegò il libro seguendo la piega esistente e lo infilò nella sua tasca dietro dei pantaloni. Si girò verso Roy.

«Prendi la macchina dello stronzo e portala nel parcheggio del *Nestor*», disse.

Per mezzo secondo pensai di essere morto, invece intendeva l'influencer. Si rigirò verso di me. «Via di qua. Ti ho portato all'ingresso superiore, sei *qui dietro*. Corri, dimentica tutto, dimentica Kalìsta e al resto ci penso io.»

E feci proprio così.

Solo che dovevo portare con me anche Kalìsta, perché così eravamo d'accordo, e per come me ne stavo andando a razzo da quella fottuta gabbia di matti fracassando gli pneumatici sul pietrisco grosso del pianoro, appena rientrai nel bosco con la gola alla mia sinistra e presi la svolta a destra che mi aveva descritto, quella che mi avrebbe portato in fretta a Valta, e continuai come un invasato con spalle e braccia che tremavano, la testa in fiamme, a uno spasmo frenai di colpo, aprii la portiera e vomitai tutti i Bellini e gli *tsìpouro* e i divanetti, poi continuai guardando il cielo sia mai che apparisse un elicottero, vidi il cartello per Valta, entrai nel paese, eccola, Cristo la vidi subito, altissima con i suoi capelli biondocastani, lì, in piedi, davanti alla prima casa, le chiesi con un gesto se dovevo fare inversione, mi fece no, salì, continuammo lungo la strada principale del paese, curve, casette, manifesti della sagra del vino e sbucammo di nuovo su una discesa sterrata con la gola dalla parte opposta.

«Le cugine?»

«Da tagliarsi le vene. La peggiore commedia greca e ti tocca pure ridere. Le ho mandate a fare il bagno, ho detto che dovevo assolutamente tornare ad Atene con te eccetera. Perché corri?»

«Perché lo GNIE sta arrivando in elicottero e voglio entrare nel bosco prima che vedano la mia macchina.»

«Paranoia ne abbiamo? Ma se neanche ti cercano!»

«Se la vedono, capiranno che sì, mi cercano.»

«Vabbè, occhei. Lì com'è andata?»

«Niente, una noia. Un'amena visita pomeridiana che è valsa meno di un cazzo, tuttapposto.»

«Cioè?»

«Cioè non ho niente né sulla Charìtsi né sul video.»

«Niente *niente*?»

«Niente nient...»

TRTRRRRR, BUM! No cristo dio no, nell'impeto della discesa la Ibiza aveva preso troppa velocità, si erano bloccate le ruote dietro, aveva sbandato a destra, era finita in un avvallamento, dal rumore poteva essersi rotto l'asse della ruota e se era successa una cosa simile eravamo messi male, molto male, per giunta nel tentativo di ripartire la sforzai, il cazzone che sono, e giù a dare gas e ancora gas ma ovviamente non avevo messo l'olio quando bisognava e ovviamente PFFFF, la flangia bruciò. Addio Ibiza. E come se non bastasse fuori dal bosco, accanto a un ulivo basso, neanche mezzo albero sopra di noi, niente.

Scendemmo. Sì, il motore bruciava. E in lontananza, come una fioca eco rimbalzata dai pendii intorno, forse il rumore di una grande elica. Però non alzai la testa per guardare, perché dalla curva alle nostre spalle apparve il muso della macchina nera che ci seguiva da ieri a mezzanotte.

34

Non era la prima volta che la vedevo nella vita, ma proveniva da un'altra vita. Una Volkswagen Scirocco GT2 16V del '90, a due porte, nera metallizzata con i cerchioni giallo scuro. La conoscevo quella macchina, c'ero salito, forse l'avevo anche guidata. A quei tempi però non aveva i vetri fumé. Avanzò lentamente e si fermò accanto a noi. Il finestrino del conducente si abbassò.

«Sai quanto è stato difficile starti dietro senza che mi vedessi da Kyparissià in poi, Krokos?»

Era da tempo che non rimanevo lì come un coglione a quel modo, nonostante i miei occhi ne avessero viste di cose nelle ultime ore.

«Plaskovìtis fottuto schizzato, cosa ci fai qui?»

«Bado a te. Salite.»

«Chi è questo?» disse Kalìsta.

Esitai. Cosa stava succedendo? Lavorava per lo GNIE fin dall'inizio? Lo aveva ingaggiato la Charìtsi? Mi seguiva per conto suo per spellarmi vivo in un luogo deserto perché avevo scoperto dove abitava? Sentimmo avvicinarsi l'elicottero.

«Un amico, ti spiegherò. Plaksman, dimmi che hai un telo coprimacchina, un rivestimento, una coperta, qualcosa.»

«Certo che ce l'ho», rispose Plaskovìtis. «Per la pioggia di fango.»

Uscì, bermuda color cachi, camicia a quadri neroverde e gilet da caccia con sedici tasche, pronto per la battaglia. Aprì il bagagliao e mi passò un rivestimento piegato in due. Lo aprii, lo buttai alla bell'e meglio sulla Ibiza passata a miglior vita, feci segno a Kalìsta di seguirmi nella Scirocco, salii dietro tirando il sedile davanti verso di me per farle spazio, salì anche Plaskovìtis e all'improvviso il rumore divenne assordante, coprendo il pezzo dei Tuxedomoon che andava a tutto volume dentro la macchina, perché l'elicottero sbucò di colpo dalla collina dietro, volò basso appena sopra di noi e continuò verso la fottutissima casa di Patriarchèas.

Fu un momento di disagio. Kalìsta davanti, inorridita quanto basta dalla creatura Kleànthis con la testa rasata, la pelle bianchissima, i brufoli e i denti perfetti che le sorridevano, forse perché in qualche modo assomigliava a Naomi Watts e Margot Robbie, io dietro con mille dubbi, il naso schiantato dall'odore di collutorio che qualunque cosa emanava lì dentro, persino i sedili in pelle, e *No Tears* che arrivava al crescendo finale con il cantante che urlava «goodbye, goodbye...» e la chitarra elettrica che saturava le casse.

«Quindi la Scirocco di quella volta era tua», dissi.

«Di mio padre. Era la prima volta che la prendevo, quella sera. Ero *io* che guidavo – questo non te lo ricordavi. Cinque anni dopo l'ho anche ereditata. L'ho lucidata, l'ho sistemata, disco, cambio, parafango, ho messo un nuovo...»

«Perché ci hai seguito?» chiese di colpo Kalìsta. «Cosa vuoi?»

«SEGUIVO IL MIO AMICO, *TU* COSA VUOI?» urlò lo psycho.

Kalìsta si fece un po' indietro perché le arrivarono un paio di sputi. Plaskovìtis abbassò la musica e si girò verso di me.

«Io sono uscito per Aniàgas», disse.

«*Nikos Aniàgas*?» chiese Kalìsta.

«Sì», le feci con un cenno tranquillizzante.

«Sì», disse calmo Plaskovìtis. «Non mi interrompere prego. Sono uscito per seguire Aniàgas. Non ce la facevo più... Dovevo trovarlo, parlargli, fargli capire il suo errore. E se neccessario farlo pagare.»

«Quale errore? Che cazzate sono queste?» disse Kalìsta.

«Dai, aspetta un attimo, facci sentire», dissi.

«State insieme?» chiese Plaskovìtis.

«No», rispondemmo all'unisono.

«Siete amici?»

Kalìsta fece un sospiro tipo «che cazzo di situazione di merda è questa».

«Parla Plaksman. Stavi seguendo Aniàgas.»

«Sì. Sapevo che sarebbe andato a teatro, l'ha scritto sui social. E sono andato ad aspettarlo fuori. È uscito con molta gente, hanno preso diverse macchine, li ho seguiti, andavano in centro, a Exàrchia, non sono entrato nello stesso parcheggio, li ho persi di vista per un po', ho parcheggiato, e in via Charilàou Trikoùpi ho visto te davanti a una libreria.»

«Eri tu allora... Lo sapevo che qualcuno mi stava seguendo a Exàrchia...»

«Sì. E sei entrato nel bar dove c'era Aniàgas prima di me. L'hai *trovato* prima di me. Mi hai indicato il dove, e mi hai indicato il come. Mi hai fatto capire che la colpa non è di Aniàgas, in sostanza... Ho visto tutta la scena... Eri messo male e nonostante questo hai detto le cose come stanno. E non eri obbligato a farlo. Sei stato... un amico...»

La voce gli si ruppe e diventò un singhiozzo. Poi un altro. Piangeva. Kalìsta gli mise una mano sulla spalla.

«TU MI HAI GIÀ RIFIUTATO ABBIAMO DETTO!» le urlò. «UN VERO AMICO!»

«Kleànthis cazzo calmati!» dissi. «Cosa è successo dopo? Hai deciso di seguirmi per sempre per salvarmi dai cattivi?»

«Proprio così. Perché *ho capito* che ti eri inguaiato. O forse no? Non sei andato al mulino a infarinarti fino al collo e adesso le oche e tutta la fattoria degli animali ti danno la caccia per eliminarti? Non hai ancora capito che ogni forma di potere è un culto della morte? Non hai mai capito lungo il cammino che la Grecia è un Paese arcaico di succubi? Che nessuno è giovane, che tutti dicono almeno una grande bugia? Che i fantasmi della Guerra civile non dispongono...»

«Ci porti ad Atene?»

«Sì, anzi *tu* ci porti ad Atene, perché io devo dormire», disse e aprì la portiera. «Sono al limite.»

Scese, scesi anche io, Kalìsta ammutolita di fronte a tutto ciò, andai un'ultima volta fino alla piccola Seat, presi i documenti, il giubbetto di Tsechlentìdis, il vecchio telo da mare che volevo tenere, una bottiglia d'acqua, toccai un attimo il volante, risalii sulla Scirocco nera al posto del conducente, spensi del tutto la musica, presi gli occhiali di terza categoria comprati all'edicola perché picchiava di nuovo un sole obliquo che tramontava dietro le colline di Evagghelìstria e guidai per tre ore e mezza di fila fino ad Atene.

Ai primi semafori rossi, in un punto imprecisato di viale Grigorìou Lambràki, guardai abbastanza a lungo e in silenzio Kalìsta, che si era addormentata di fianco a me. Le luci notturne del viale le brillavano sui capelli e sulla pelle, ed era un po' come un bambino che dorme durante un lungo viaggio, con il viso del tutto rilassato, un bambino che si riposa malgrado la tensione e la delusione per il nulla di fatto quanto al tema Charìtsi, malgrado la certezza che suo padre avrebbe continuato a renderle la vita impossibile fino all'ultimo raggio di sole sulla terra. E alla svolta di via Petrou Ralli, nel punto in cui risale e di colpo ti vedi comparire davanti l'intera Acropoli e il centro, capii tutto. Per esserne certo restava solo da controllare una cosa sul tavolo di casa mia.

35

Prima però accadde una cosa strana. Plaskovìtis mi regalò la sua macchina. Quando li svegliai perché eravamo arrivati davanti a casa sua a Kallithèa, e noi saremmo dovuti scendere e prendere un taxi per il centro, Kleànthis mi disse con nonchalance che adesso la Scirocco era mia per tutto il tempo che volevo. «Era deciso, Krokos. Da molto prima che ti schiattasse la Seat. Di' quello che ti pare: prendila e vai. E quando sarà il momento, sai dove trovarmi. Arrivederci.» Gli proposi dei soldi, almeno l'avrei comprata, mille dei duemila euro circa che ancora avevo in tasca, come minimo, ma rifiutò. Si limitò a fare dietrofront e si diresse goffamente verso l'ingresso del suo condominio. Mi dissi che gliel'avrei riportata tra qualche giorno. O settimana. E misi in moto.

Per tutto viale Syggroù Kalìsta era da stringere il cuore. Accigliata, immobile. Alla svolta prima del tempio di Zeus Olimpio immaginai di passarle la mano tra i capelli, di consolarla, di dirle qualcosa. Non feci niente. Mi fermai un po' più in là, all'altezza dello Zappeion.

«Cosa facciamo?» disse smarrita. «Dobbiamo capire come...»

«Non è qui che stai?» dissi.

«Sì», fece Kalìsta.

Silenzio. Le doppie frecce vetuste della Volkswagen ticchettavano forte, quasi furiose. La circolazione in viale Amalìas ininterrotta come una dinamo. Non mi rivolse nessun altro sguardo. Aprì la portiera e scese. Rimisi in moto.

In viale Panepistimìou qualche tossico si spegneva lentamente nelle buche degli infiniti lavori in corso del progetto «Grande Passeggiata», il *Prodòrpio* con le serrande chiuse, i mille baretti di via Asklipioù, i poser in piedi con il loro perenne gin tonic, arrivai, trovai un posto. Entrai quasi correndo. In ascensore guardai il cellulare, un messaggio di Manos: Johnny Depp aveva vinto, un messaggio da un numero sconosciuto, «cosa fai fuori città», la Charìtsi che mi cerca, lo sapevo, sapevo tutto, il gatto miagolava, entrai in casa. Il tavolo. Vuoto. No. No… Me ne ero completamente dimenticato, avevo riordinato. «Perdita della memoria a breve termine.» Guardai sugli scaffali. Libri in doppia fila. Vai a capire… E adesso? E adesso? Mi sedetti sul divano, fumai mezza sigaretta riavvolgendo con la mente a gran velocità tutte le immagini degli ultimi giorni. Ora per ora, minuto per minuto. Feci con lo sguardo il giro della stanza, lentamente, tornai al tavolo vuoto e mi fermai lì. Afferrai il telefono senza spegnere la sigaretta, instagram, sì, quella sera aveva cominciato a seguirmi, o il giorno dopo, che ore erano adesso, l'una di notte, fanculo, chiamai. Rispose al secondo squillo.

«Heeey! Hai visto che Johnny ha vinto? Ti ho pensato subito!»

«Ciao Lora.»

36

Mi raccontò tutta la suspense del verdetto, il momento assurdo, il povero Depp che a un certo punto si era addormentato, perché immagina le dosi di Lexotan che si era preso per venirne fuori, l'energia fredda negli occhi della spostata, le centinaia di fan riuniti fuori travestiti da pirati dei Caraibi, e io la lasciai sproloquiare per due minuti e non di più.

«Lo guardo domani, non mi dire nient'altro...»

«Occhei, va bene. Però guarda che l'opzione "chiama" ormai è *too much*. Non si fa più. Si usano solo messaggi e *reactions*.»

«Per questo l'ho fatto. Senti, mi serve una cosa.»

«Dimmi.»

«Hai scattato una foto qui in casa mia, ti ricordi? Il pc aperto sopra al tavolo con le birre i libri eccetera?»

«Sì, il tuo mercatino delle pulci *privé*. Ci ho fatto una story.»

«Occhei, forse me la sono persa.»

«Non te l'ho *mandata*?»

«No. Non mi pare. Forse potresti...»

Mi arrivarono due notifiche insieme. Una foto su instagram, da Lora eccola-sono-multitasking, e un MMS da un numero sconosciuto. Aprii la prima. Alta definizione, si vedeva tutto. Aprii anche la seconda. Una foto della pasticceria Suel, all'angolo tra Asklipioù e Tsimiskì. Benissimo.

«Perfetto. Grazie mille», dissi a Lora. «Mi salvi.»

Poi mi alzai e uscii sul balcone davanti. Un cielo caldo nerissimo senza stelle. Feci cenno a Sofia Charìtsi di salire.

Era piccata. Tensione incattivita, aria di biasimo e autoritarismo che con me non l'avrebbero portata da nessuna parte.

«*Certo* che mi dirà cosa sta succedendo, signor Krokos. E *certo* non esiste che io venga a sapere che lei è sparito dallo GNIE per malattia mentre il GPS la localizza nel Peloponneso. E in più non risponde ai miei messaggi... Lo sa che ho pensato al peggio? Ho pensato che si fosse esposto, che l'avessero rapita e che la stessero interrogando, che fosse tutto finito, che il GPS stesse seguendo il suo cadavere... Mi dice per favore cosa sta succedendo? E cosa starebbe facendo in questo momento?»

Io avevo versato due whiskey, avevo aperto tutte le finestre perché era chiaro che avremmo fumato tutti e due come matti, avevo scaricato la foto di Lora sul pc, l'avevo messo sul tavolo e con una certa calma facevo avanti e indietro tra quello e la libreria, portando dei libri. La Charìtsi si era seduta sul solito divano, con la solita posizione mento in fuori e ginocchia unite, stringendo nervosamente il solito bracciale d'argento. Non controllava la situazione, avrebbe voluto imporsi ma sapeva che c'erano dei limiti, ovviamente si rendeva conto che non era in casa sua, che io non ero esattamente una sua proprietà e che tutto quello che stava facendo ora non stava in piedi, ma qualcosa di molto disperato l'aveva condotta fin qui, qualcosa che era oltre la sua portata e che in quel momento la rendeva molto umana.

«Faccio il lavoro di cui mi hai incaricato. Hai fame?»

«Vi siete esposti?»

«Sì», dissi mettendo sulla pila *L'arcobaleno della gravità*.

«Vi hanno scoperto?»

«Non credo.»

«E? Cosa abbiamo? Cosa succede? Perché siete andati in un posto dove poche ore dopo sarebbe arrivato anche Tsechlentìdis? Che posto è?»

Hunter Thompson, *Hell's Angels*. Michalis Tale, *Buca di vermi e formiche*, Virginie Despentes, *Vernon Subutex 1*...

«Si vedrà», dissi.

«Cosa intende?»

«Si vedrà cosa c'è di utile per te e quanto ti dovrà interessare.»

Jean-Patrick Manchette, *Piccolo blues*. Éduard Limonov, *Il poeta russo preferisce i grandi negri*. Andrèas Embirìkos, *Il Grande Orientale*, parte seconda, volume secondo...

«Cosa intende? Deve dirmi cosa... Per favore, signor Krokos, posso avere la sua attenzione?»

«Ce l'hai già tutta.»

Norman Spinrad, *Diari degli anni della peste*. Anaïs Nin, *Il delta di Venere*, Robert W. Chambers, *Il re giallo*. Sollevai la pila e la portai verso il tavolino. La appoggiai davanti a lei.

«Cosa hai visto?» dissi.

La Charìtsi mi guardò dubbiosa. Le sue pupille si focalizzavano qua e là sulla mia faccia. La bocca contratta, il collo una corda tesa.

«*Lei* cosa ha visto, mi deve d...»

«Sofia», dissi, «qui. Cosa hai visto qui?»

Guardò la pila e poi di nuovo me.

«Cosa ho visto *quando*? Non capisco...»

Non dissi niente. Mi sedetti sui talloni davanti a lei, spinsi la pila di libri dalla base con i pollici, un centimetro in più vicino a lei, e aspettai. Guardò di nuovo. Ci volle un intero secondo e le pupille le si rimpicciolirono appena. Lo vidi solo io in tutto il mondo, quel viaggio nel tempo nell'arco di un'infinitesimale messa a fuoco. Come era successo sette giorni prima, assunse un'espressione del tutto diversa, rilassò parecchio il viso, le sopracciglia alte sulla fronte, la bocca semiaperta. «Lo stesso libro ogni sera, lo stesso brano. Rilassava il viso e si addormentava... Favole, capisci?»

Allungò timidamente la mano per toccare un libro. E questa volta non la ritirò. Non era Embirìkos. La Charìtsi tirò fuori Anaïs Nin, una vecchia edizione con il dorso rosa. Guardava il libro con un'agitazione indescrivibile, tutto il suo corpo era cambiato, era diventato un'altra cosa. Lei stessa era diventata un'altra.

«Sì... Ce l'avevi questo? Cos'è... È mio?» disse con voce sciolta, timida ma autentica. Una voce che veniva dal profondo, tutta sua. E per la prima volta mi diede del tu.

«No...» dissi, presi in mano il libro e lo aprii. «È mio. Ma ce ne sono altri così. Altre persone ce l'hanno. Forse lo hai già visto.»

«Dove?» chiese. Sì, non era lei. Per un attimo si era trasformata in un'altra persona, con un'innocenza disarmante.

«Ascolta. Sofia? Signora Charìtsi? Mi ascolti», dissi un po' più forte. «Mi ha assunto per un lavoro, lavoro che è stato portato a termine. Il video con cui Tsechlentìdis la ricatta non è frutto di un programma che legge nel pensiero. Probabilmente è basato su una scena erotica tratta da questo libro. *Il delta di Venere*.»

Cominciai a sfogliarlo cercando in diagonale «kimono», «sofà», «pavimento»... La procuratrice si era seduta a gambe incrociate e si teneva la fronte piegandosi in avanti.

«Non è possibile quello che dice... Lei è del tutto fuori dalla realtà... Le ho detto che il video mostra una mia fantasia. *Una cosa mia*, che non ho mai detto a nessuno, che...»

Ripeteva la stessa cosa in loop, e io vedevo passare a tutta velocità «il Barone», le «ragazzine al piano», «Leila che era molto bella sopra al cavallo» e diverse fantasie erotiche dell'alta società. Finché, al racconto *Matilde*, trovai il «pavimento». Sia come sia, roba da matti: era proprio quello... Tutta la scena, le quattro persone che la sdraiano per terra, che la osservano da molto vicino eccetera, eccetera, eccetera. Quel perverso, quel pezzo di merda di Patriarchèas...

«Eri ad Anàvissos», dissi e le porsi il libro aperto. «Vacanze. Non so quando, una volta. Da piccola. Da bambina. E lì un qualche stronzo ti ha letto questo. Ti è entrato in testa. E anni dopo la strada di questo stronzo ha incrociato quella dell'altro stronzo, il tuo ex, e...»

«Ma cosa dici... Cosa dici...» faceva. «Come lo sai... Non ha nessun senso quello che dici...»

«Le loro strade si sono incrociate», dissi di nuovo con voce ferma, «per qualche ragione hanno parlato di te e lì il tizio ha offerto su un piatto d'argento a Tsechlentìdis questa storia molto strana, il contenuto della scena, forse anche il libro stesso. E anni dopo Tsechlentìdis se ne è ricordato, l'ha ritirato fuori e ha deciso di girare quel video. Per terrorizzarti. E ci è riuscito. Ecco tutto.»

«Quale tizio... E come... Ma non ha senso, non ha senso...»

«Guarda!» dissi forte. Non urlai. Sono sicuro che non urlai perché avevo pensato che non dovevo farlo. «Leggilo.»

La Charìtsi lesse i due paragrafi della scena. Reggeva il libro con mano ferma, non tremava affatto. Due grosse lacrime le spuntarono dagli occhi immobili, e altre due quando li chiuse, chiudendo il libro allo stesso tempo. Cadde il silenzio. Tutto si era fermato. Aspettavo. Bevvi. Dopo tre lunghi minuti li aprì di nuovo.

«Il kimono», disse. «Ha visto i kimono nell'armadio. Ha visto il mio fetisch. È questo il collegamento.»

«Occhei. Sì. Ci sarà stato un collegamento. È un tipo sveglio Tsechlentìdis. E fortunato. Gli è piombata addosso questa storia... Come a te è piombata addosso quella di Rebecca, assieme all'ispirazione per ricattarmi emotivamente e ingaggiarmi perché risolvo misteri.»

«Come... Come ha scoperto tutto questo?» chiese. «Chi è l'altro? Chi è questo pedofilo abietto? Ad Anàvissos abbiamo passato molte estati... In una strana casa di campagna... Una specie di comune, dove andavano i miei genitori a quel tempo. Tra l'81 e l'84, circa. Mi ricordo pochissimo... Solo immagini... Molta gente...»

«No, questo non succederà. E non ti spiegherò assolutamente niente. Adesso sei libera. Il nome che ti serve è Aris Patriarchèas. Forza e coraggio.»

Senza dire una parola partì in un viaggio tutto suo, a quel nome, che di sicuro le diceva qualcosa: un vortice di calcoli di date, associazioni di idee e chi-dove-come-quando a ripetizione, ma non restai lì a guardarla. Mi alzai e andai in bagno. Mi tolsi la maglietta nera con il sudore e il sangue della Messenia, mi spogliai e mi infilai sotto la doccia. Quando uscii se n'era andata. Il libro con il dorso rosa stava solitario sopra al grande tavolo, chiuso sotto al suo bicchiere vuoto.

37

«...*L'elicottero, che non riporta nessun danno, è stato individuato sull'altopiano di Doubìtsia, quattro chilometri a nordovest di Kardamyli, nella parte ovest della penisola del Mani. L'ex parlamentare e quattro dei suoi collaboratori, tra cui l'imprenditore trentacinquenne Kostandìnos Galànis, sono ricercati dalle squadre di salvataggio che si sono tempestivamente attivate nell'impervio...*»

Erano le dodici del giorno seguente e mi stavo rasando contropelo, ascoltando le notizie dal computer che avevo lasciato in camera, sul letto. C'era il sole. Faceva un caldo ultraterreno che non mi dava alcun fastidio. Finii e uscii a bere il caffè senza spegnere il pc.

All'ingresso del condominio, mi ricordai dell'ultima questione in sospeso. Fusèkis. «Nikolas Kavourìdis, Karneàdou 20.» Continuai a camminare e chiamai il numero della segreteria che mi aveva dato la Fikàrdou, per restituire allo GNIE il suo copywriter e farla finita. Rispose, impaurita, chiesi di parlare con uno dei ragazzi, mi disse la metto in collegamento con il signor Arghiris, dissi perfetto, squillò sei volte, mi rispose sull'orlo di una crisi di panico. Stentò a ricordarsi persino il mio nome.

«Ciao... Michalis.»

«Ciao Argy.»

«Cosa c'è, dimmi.»

«Tutto bene?»

«Eh... Bene cosa... No. Cioè, non lo so. Cerchiamo il Grande che è andato in un posto per sbrigare una questione e forse è successo qualcosa. Non abbiamo nessuna informazione che abbia senso... C'è anche Dinos con lui... Non hai sentito? Ne hanno parlato ovunque...»

«No. Stavo male *bro*. Sono guarito solo oggi.»

«Occhei. Dimmi, cosa vuoi?»

Una mosca mi ronzò nell'altro orecchio e volò via. Un tizio uscì dal panificio di fronte con un pezzo di pizza e una bottiglietta d'acqua. Aveva la mia età. Non lo conoscevo, non l'avevo mai visto, eppure aveva qualcosa di familiare. Un po' l'aria, un po' l'aspetto, la maglietta, i movimenti... Si grattò la nuca, addentò la pizza e continuò scendendo la via.

«Ehi! Mi senti?» fece Argy. «Parla, che c'è?»

«Sì...» dissi. «Sai, ti ho chiamato per dirti una cosa che mi è venuta in mente.»

«Cosa?»

«L'altro giorno, quando parlavamo della seconda guerra mondiale, ti ricordi?»

«Sì...»

«E tu a un certo punto hai detto che nel '41 i tedeschi non erano a Tobruq, e che al massimo saranno stati a Bengasi?»

«Sì.»

«Bene. Sai ho pensato che in greco il nome non è Bengasi. È Veggazi. La chiamiamo così.»

«Sì... E?»

«Niente, questo.»

«Mi prendi in giro? Mi hai chiamato per dirmi questo?»

«Sì... Così, perché mi è venuto in mente adesso e non volevo dimenticarmi. Di' ad Alex che i testi li mando domani. Dai, ciao.»

Due vie più in là vidi salire la vicina del secondo piano, quella delle mascherine. Mi fermai. Era la prima volta, da molto tempo, che la vedevo in faccia. Mi sorrise. Le sorrisi anche io.

Stampato nel febbraio 2025 per conto di Baldini+Castoldi s.r.l.
da Puntoweb s.r.l. – Ariccia (Roma)